fhl-Erzählungen

Für Ulla
mit herzlichen
Grüßen von
Cornelia Gotter

Leipzig, 19.3.2023

Cornelia Lotter wurde 1959 in Weimar geboren. Unweit davon ging sie zur Schule und studierte anschließend Lehramt in Meiningen. Nach zwei Jahren Schuldienst wechselte sie wegen Stellung eines Ausreiseantrages als Hilfspflegerin in ein Altenpflegeheim. 1984 siedelte sie der Liebe wegen nach Tübingen über und absolvierte dort eine Umschulung zur Industriekauffrau. Seit 1987 arbeitet sie als Sekretärin und schreibt nebenher Kurzgeschichten und Romane. Veröffentlichungen in Anthologien und Zeitschriften (Haller, Kaskaden, LiMa).

Cornelia Lotter

Das letzte Frühstück

 Verlag

ISBN 978-3-942829-18-2

1. Auflage 2011
© 2011 by fhl Verlag Leipzig
Alle Rechte vorbehalten.

Lektorat: Anne Geißler
Titelbild: photocases.com/ig3l
Satz: fhl Verlag Leipzig UG
Druck & Bindung: Neiko Plus, EU

Ein Verlagsverzeichnis schicken wir Ihnen gern zu:
fhl Verlag Leipzig
Gerichtsweg 28
04103 Leipzig
www.fhl-verlag.de
kontakt@fhl-verlag.de

Inhalt

Alles Liebe	7
Der zehnte Hochzeitstag	11
Krause Glucke	19
Saure Kutteln	27
Das andere Ufer	33
Das letzte Frühstück	55
Wer schön sein will ...	57
Requiem	59
Augen	69
Scherben	77
Nachtschatten	83
Familientreffen	89
Entschwinden	101
Eile mit Weile	107
Kinderliebe	113
Alles im Griff	119
Pantha rhei	123
Das Bild	129
Die Handtasche	137

Alles Liebe

Der Koffer stand gepackt auf dem Bett. Claudia nahm den Brief noch einmal vom Nachttisch und las die Worte, die sie fast auswendig kannte.

Lieber Bernd,

und schon beim ersten Wort stocke ich. Mir scheint, dieses Wort passt so gar nicht mehr zu unserer Beziehung. Wann hat sich alles, was uns einst lieb und teuer war, daraus verabschiedet?

Ich habe mich schon oft gefragt, ob du nicht besser dran wärst mit einer Putzfrau sowie regelmäßigen Restaurant- und Bordellbesuchen. Vielleicht denkst du ja sogar selber so. Nur wird dir dann klar geworden sein, dass das wesentlich teurer käme als ich. Und Geld ist dir ja schon immer sehr wichtig gewesen.

Jahrelang haben mich Freunde und Familienangehörige gefragt, warum ich mir all das von dir bieten lasse, deine ewigen Erziehungsversuche, deine Besserwisserei, deine Erniedrigungen im Beisein von anderen. Jahrelang habe ich Entschuldigungen für dich gefunden: deine schwere Kindheit, die fehlende Mutterliebe, die Verletzungen durch frühere Frauen.

Wahrscheinlich wäre ich bis an mein oder dein Lebensende bei dir geblieben, als treues Anhängsel, das dir das Leben angenehmer macht. Wie ein Möbelstück, an das man sich gewöhnt hat. Vielleicht sogar wie ein Haustier, dem man nach Lust und Laune Streicheleinheiten gewähren oder verweigern kann.

Hätte deine Geräusche weiterhin ertragen, die du machst, wenn du isst, schläfst, oder Sex mit mir hast. (Weißt du eigentlich, was für ein miserabler Liebhaber du bist? Irgendwann habe ich es aufgegeben, darauf zu hoffen, dass ich mit dir zusammen die Lust empfinde, die ich mir allein problemlos zu verschaffen weiß.) Deine Gerüche, bei denen mir schlecht wird, wenn ich nur in deine Nähe komme. Und den Wortbrei, den du absonderst, wenn du über das Einzige redest, was dir wichtig ist: Dich.

Es war Zufall, ich schwöre es, niemals hätte ich bewusst in deinen Unterlagen gestöbert, was wäre darin auch Interessantes zu vermuten gewesen. Beim Putzen deiner Regale rutschte ein Ordner mit Steuerunterlagen heraus und fiel zu Boden. Und weil du immer so ein Geheimnis um deinen Verdienst und deine Ersparnisse machst, dachte ich, ich würde darin etwas dazu finden. Was ich fand, war eine Rechnung. Von einem Urologen. Über deine Vasektomie. Als ich das Datum sah, begriff ich mit einem Schlag die Größe deines Betrugs. Ich musste mich setzen, bekam keine Luft mehr, ja, es wurde mir sogar schwarz vor den Augen. Wie konntest du mich nur so hintergehen! Hast du in dich hineingegrinst, wenn ich wieder einmal total am Ende war, weil sich meine Periode pünktlich wie immer eingestellt hat? Hattest du nicht mal Skrupel, als man mir in der Klinik den Bauch aufgepumpt hat, um nachzusehen, warum ich nicht schwanger wurde? All die Jahre, Temperaturmessungen, Sex nach Stundenplan, Hoffnung und Enttäuschung, warum hast du dem nicht ein gnädiges Ende bereitet? Warum wolltest du keine Kinder mit mir?

Hast du das, was du auf diesem Spaziergang vor fünf Jahren zu mir gesagt hast, dass du mich charakterlich nicht für geeignet hältst, deine Kinder zu erziehen, ernst gemeint? Damals wollte ich dich das erste Mal verlassen. Ich dachte, mit so einem Mann kann ich nicht leben. Vielleicht wäre es wirklich besser gewesen, ich hätte den Mut dazu gehabt. Dann hätte ich zumindest die Chance gehabt, mit einem anderen Mann die Kinder zu haben, die du mit mir nicht haben wolltest.

Es ist so ungeheuerlich, was du mir angetan hast, ich fühle mich so gedemütigt. Im Streitgespräch mit dir war ich immer un-

terlegen, du hattest stets die besseren Argumente, so dass ich hinterher immer als die Schuldige da stand. Doch ganz tief drin in mir wusste ich, dass du im Unrecht warst. Auch deshalb schreibe ich dir diesen Brief, weil ich sonst fürchte, dass am Ende einer Aussprache du mich noch davon überzeugen wirst, dass alles in Wirklichkeit meine Schuld war, und du nicht anders konntest. Oder dass alles so für uns das Beste sei, auch, wenn ich das im Moment noch nicht so sehen könne. Nein, darauf kann und will ich mich nicht einlassen. Es reicht! Es reicht schon lange. Jetzt endlich habe ich die Kraft, dich zu verlassen, und zwar endgültig.

Deine Mutter wird für dich sorgen, da bin ich sicher, wird dir zeigen, wie man eine Waschmaschine bedient und wie ein Bügeleisen. Es gibt Kochkurse und Restaurants. Du wirst überleben. Und ich, ich werde endlich anfangen, zu leben. Auch, wenn es für die Erfüllung meines größten Wunsches zu spät ist.

*Alles Liebe
Claudia*

Zögernd faltete sie die abgegriffenen Seiten zusammen und wollte sie gerade wieder auf den Nachttisch legen, als sie das wohlbekannte Geräusch des Schlüssels an der Haustür hörte. Erschrocken hielt sie in der Bewegung inne und verstaute den Brief hastig in ihrer Hosentasche. Schnell klappte sie den Koffer zusammen und schob ihn unter das Bett. Dann warf sie einen Blick in den Spiegel und zwang ein Lächeln auf ihr Gesicht. Mit einem Seufzer trat sie aus dem Schlafzimmer auf den Treppenabsatz und sah, wie ihr Mann im Flur gerade seine Schuhe abstreifte. Sie betrachtete von oben die kahlen Stellen unter seinem gelichteten Haar und plötzlich spürte sie Mitleid dort, wo eben noch alles hart vor Wut gewesen war. *Ich werde es nie schaffen, ihn zu verlassen,* dachte sie, und rief hinunter: »Schön, dass du kommst, ich habe gleich das Essen fertig.«

Der zehnte Hochzeitstag

Zum ersten Mal, seit sie hinter dem Lenkrad dieses Autos saß, fühlte sie sich fast wohl. Und das, obwohl sie nicht allein war. Nicht ganz. *Diese peinigende Angst, die von den Füßen, die beim Durchtreten der Kupplung zitterten, hinauf in den Bauch kroch. Nur keinen Fehler machen, jetzt, unter seinen strengen Blicken die richtigen Handgriffe zur rechten Zeit tun, den Choke nicht zu spät und mit Gefühl hinein schieben, die Straße vor und hinter sich im Auge behalten, dem geheiligten Blech keine Schramme zufügen, das Getriebe nicht unnötig quälen, energiesparend und vorausschauend fahren. Wie hatte sie diese Fahrten gehasst!*

Vorhin war sie beim Ausparken vor der Raststätte extra weit an den Begrenzungspfosten herangefahren, nur um dieses befreiende Geräusch zu hören: Das Quietschen von Metall an Metall. Triumphierend fast hatte sie den neben ihr hockenden Mann angeschaut. »Du sagst ja gar nichts!« Nein, er hatte nicht, wie sonst, demütigende Tiraden über ihr ausgeschüttet wie einen Kübel übelriechender Jauche. ›Du lernst es nie, Frauen sollte man wirklich nicht ans Steuer lassen!‹ Er hatte geschwiegen. Und er hatte allen Grund dazu.

Jetzt fuhr sie weiter diese verlassene nächtliche Autobahn entlang, immer weiter auf dem schwarzen Streifen, der sich im Irgendwo verlor. Und dort wollte sie auch hin. Aus dem Radio perlte gerade einer ihrer Lieblingstitel. Sie drehte es auf volle Lautstärke. »Nicht dein Geschmack, Schatz, gell?«

Aus voller Kehle und absichtlich einen halben Ton daneben sang sie nun mit. »Time to say good bye.« Das Lenkrad hielt sie längst nur noch mit einer Hand. »Siehst du, wie gut ich Auto fahre? Kein Problem, du musst mich nur lassen! Und nicht immer dazwischen reden und mich mit deinem Meckern nervös machen.«

Sie tätschelte die Hand, die nicht weit von ihrem rechten Oberschenkel auf der Mittelkonsole lag. Die Halbmonde der Fingernägel waren akkurat gefeilt, nicht zu lang und nicht zu kurz. Es waren schlanke, gelenkige Finger, die sie immer schon fasziniert hatten. Besonders am Anfang, als er mit ihnen noch abenteuerlustig ihren Körper erforscht hatte. Sie, die unberührte Jungfrau vom Lande, er, der erfahrene Lebemann. Und wie sie diese Finger zum Klingen gebracht hatten in ihren Honigmondnächten. Wann war seine Entdeckerlust verebbt? Wann war es ihm zu mühselig geworden, die Wege zu beschreiten, die es auch ihr ermöglichten, die Sterne tanzen zu sehen? Wann hatte er ihr zum ersten Mal den Satz vor den Kopf geknallt wie eine Keule: ›Bei den anderen Frauen muss ich nicht so lange rummachen, bis sie ihren Orgasmus kriegen!‹ Und etwas später, als sie immer mehr verkrampfte, weil ihn seine Anstrengungen zu offensichtlich nervten, das Todesurteil: ›Du bist ja frigide!‹

Wenn er in den letzten Jahren im samstäglichen Ritual über sie hergefallen war, nach einem flüchtigen Küssen ihrer Lippen, das oft genug mehr ein Beißen gewesen war und einem kurzen Alibigriff an die empfindliche Knospe, die sich vor dieser Rohheit wohlweislich schon zurückgezogen hatte, wenn er in die noch trockene Öffnung schmerzhaft eingedrungen war und sich schnaufend in ihr bewegte, rein – raus, rein – raus, dann sah sie sich längst von oben, sah seinen gelichteten Hinterkopf, der im Schein der Straßenlaterne glänzte wie ein Mond und sah ihre geschlossenen

Augen, hinter denen blaue und orangene Kreise tanzten im Rhythmus des Stoßens: Klein – groß, klein – groß.

»Ja, Liebling, so hättest du dir unseren zehnten Hochzeitstag nicht vorgestellt«, bemerkte sie mit einer leichten Drehung des Kopfes in Richtung Beifahrersitz. Zärtlich strich sie über seine kühle Hand. Dass er – wie die Jahre zuvor auch – wieder die Blumen vergessen würde, damit hatte sie fast gerechnet. Doch sie wollte ihn trotzdem mit seinem Lieblingsessen – Roastbeef und Keniabohnen – überraschen. Den Tisch hatte sie so gedeckt, wie sie es in der letzten *Marianne* gesehen hatte. Sogar versilberte Serviettenringe – passend zu dem schweren Kerzenleuchter – hatte sie erstanden. Sie hatte viel dazugelernt. Auch wenn es ihr Gatte, von anfänglichen Versuchen abgesehen, aufgegeben hatte, sie als seine Frau bei Geschäftsessen mitzubringen. Entweder sie hatte zu viel geredet oder zu laut gelacht oder zu viel getrunken. Nie hatte sie es geschafft, sich zu seiner Zufriedenheit zu benehmen. Als kleine Apothekenhelferin verfügte sie wohl auch nicht über einen entsprechenden Horizont, um bei den hochgeistigen Gesprächen der Kollegen mithalten zu können. Aber ihr Heim hatte sie in ein gemütliches Nest verwandelt. Warum nur war er so selten zu Hause, um sich dort von dem stressigen Job zu erholen?

Den Wein hatte ihr der nette Franzose aus der Weinhandlung am Markt empfohlen. Sie wollte einen französischen Rotwein haben, um bei der Gelegenheit an glücklichere Zeiten zu erinnern. Als sie, frisch verliebt, durch die Provence gefahren waren. Mit einem alten VW-Bus und einem Zelt. Sie hatte den Bordeaux vorschriftsmäßig dekantiert in einer eigens hierfür gekauften Karaffe.

Auf der Gegenfahrbahn blendete sie ein Truck, so dass sie sekundenlang die Straße vor sich nicht sah. Als sie die Augen zukniff, merkte sie, wie müde sie war. Doch was half es? Sie musste weiter. Immer weiter geradeaus.

Ihre Hochzeit kam ihr in den Sinn. *Warum hatten sie eigentlich geheiratet? Wessen Idee war das gewesen?* Sie wäre so gern in einem langen weißen Brautkleid vor den Altar getreten, mit Schleier. Einmal noch wollte sie ihre Kindheitsträume aufleben lassen. Einmal Prinzessin sein. Doch er hatte alles zunichte gemacht: ›Warum willst du so viel Geld für ein Kleid ausgeben, dass du nur einmal in deinem Leben tragen kannst? Kauf lieber etwas Praktisches, das kannst du dann immer wieder anziehen.‹

Und sie hatte sich überreden lassen. Hatte ein helles Kostüm mit schwarzen Streifen gekauft, das sie danach nie wieder getragen hatte. Wochenlang war sie herum gerannt, um in demselben hellen Ton, dunkler als Weiß und heller als Beige – heute würde man wohl *Champagner* dazu sagen – die Handschuhe, die Schuhe und die Tasche zu finden. Nur den Hut hatte sie ihm abgetrotzt. Weiß und üppig, mit einem Schleier und einer Stoffblume geschmückt. Vor ein paar Jahren hatte sie ihn, in einer Anwandlung von Vernichtungswillen in den Sack für die Altkleidersammlung gestopft.

Getanzt hätte sie auch gern bei ihrer Hochzeit. Mit ihm konnte sie wunderbar tanzen. Das hatten sie in der Zeit ihres Kennenlernens einige Male ausprobiert. Doch er hatte ihr nur vorgerechnet, wie teuer eine Kapelle käme und wieder hatte sie – ganz einsichtige Hausfrau und Haushaltsgeldverwalterin – zähneknirschend eingewilligt. Schließlich saßen sie – *seine* Verwandtschaft eindeutig in der Überzahl – in einer verrauchten lichtarmen Untergeschosswirtschaft, aßen lauwarmen Braten und Gemüseallerlei und versuchten, den zäh dahinfließenden Abend irgendwie herumzubringen.

Noch immer erinnerte sie sich an die Anstrengung, die es ihre Gesichtsmuskeln gekostet hatte, ununterbrochen zu lächeln. Dabei war es ihr nur danach zumute gewesen, sich irgendwohin zu verkriechen, wo sie niemand sehen, mit niemand reden, niemand danken, für niemand eine Rolle spielen musste. Die Rolle der glücklichen Braut. Und dann kam auch noch jemand von ihren Bekannten auf die Idee, die Braut zu entführen! Das denkbar Schlimmste geschah. Denn vor der Hochzeit hatte er ihr ausdrücklich zu verstehen gegeben, dass er im Falle einer Brautentführung nicht bereit sei, sie auszulösen. Er nahm an, es läge in ihrer Macht, ein entsprechendes Vorhaben zu verhindern. Und so sehr sie sich bemüht hatte, die Entführer von der Vergeblichkeit ihres Unterfangens zu überzeugen, sie hatte mit ihnen gehen müssen. In der kleinen Weinstube hockten sie dann und tranken eine Flasche Sekt nach der anderen. Dass *er* nicht kommen würde, um sie auszulösen, wusste sie. Das hatte er ja laut und deutlich gesagt. Erst nach mehrmaliger Intervention von sämtlichen Beteiligten ließ er sich mit Gewittermiene dazu herab, in die Kneipe zu kommen und sie abzuholen. Natürlich ohne die Zeche zu bezahlen. Spätestens da hätte sie ein Mauseloch dem immer noch gut gefüllten Nebenraum der Gaststätte vorgezogen. Doch es hieß weiterhin durchhalten, gute Miene zum bösen Spiel machen, die Wunden verbergen, so gut es ging. Die könnte sie noch lecken, wenn sie allein sein würde. Hoffentlich bald.

Die Flitterwochen hatten sie bei seiner Mutter verbracht. ›Die Hochzeit wird teuer genug, da können wir uns keine große Reise mehr leisten. Und wenn wir schon einmal unten am Bodensee sind, können wir doch genauso gut dort ein paar Tage ausspannen. Schließlich gibt es rund um den See eine Menge zu sehen. Und meine Mutter freut sich auch, wenn sie nicht immer allein herumlaufen muss.‹ Also hatten sie sich jeden Tag etwas anderes angeschaut. Das Pfahlbaumuseum in Unteruhldingen, die Innenstadt und das Schloss von Meersburg, in Sipplingen das Reptilienhaus, in Bodmann die Marienschlucht und den Teufelstisch. ›Wenn ich jemand verschwinden lassen wollte, würde ich es hier tun. Mit irgendwas beschweren und dann hinunter. Der taucht nie wieder auf!‹ Sie erinnerte sich an die Gänsehaut, die sie bei diesen Worten bekommen hatte. Wie konnten einem solche Gedanken im Kopf umgehen?

Erschrocken zog sie das Lenkrad nach rechts. Fast wäre sie mit der Leitplanke kollidiert. Nur gut, dass jetzt so wenig Verkehr war. Aber sie musste aufpassen, durfte sich nicht so sehr von ihren Gedanken ablenken lassen.

In ihrem Magen ließ sich ein wohlbekanntes Grummeln vernehmen. Sie hatte schon wieder Hunger. Ein Blick zur Uhr sagte ihr, dass es bereits zwei Stunden her war, dass sie in der Raststätte einen Salat gegessen hatte. Und was hatte ein Salat schon für einen Sättigungsfaktor! Der geöffnete Knopf ihrer Jeans schien sie zu mahnen. Doch ein Blick auf ihren Beifahrer wischte die Bedenken beiseite. Die Zeit der Hungerkuren und Aerobic-Kurse war nun endgültig vorbei. Sie würde jetzt essen, wenn sie hungrig war. Nur im Moment gab es da eine kleine Schwierigkeit. Noch einmal wollte sie ihren Mann nicht auf einem Raststättenparkplatz allein im Auto lassen. Man konnte nie wissen!

Wieder kamen ihr die letzten Stunden in den Sinn. Das Essen war fertig, das Roastbeef innen rosa, wie er es mochte, die Bohnen noch knackig, der Wein hatte genug geatmet, doch kein Schlüssel drehte sich in der Tür. Drei Mal schon hatte sie auf die Mailbox gesprochen – im Büro traute sie sich nicht mehr anzurufen, nachdem er ihr vor einem Jahr eine Szene gemacht hatte. Gerade noch konnte sie der Versuchung widerstehen, alle Krankenhäuser und Polizeireviere der Stadt anzurufen. Nach drei Stunden leerte sie den vertrockneten Braten in den Mülleimer und warf das zerkochte Gemüse in die Biotonne. Wo er nur blieb?

Dass er es mit der Treue nicht so genau nahm, hatte sie schon bald nach den ersten Bemerkungen über ihre Orgasmusfähigkeit entdeckt. Er schien sich nicht einmal besonders anzustrengen, seine Seitensprünge vor ihr zu verheimlichen. Als ob ihre Person ihm diese Mühe nicht wert wäre. Sie fand beim Ausbürsten seiner Anzüge Rechnungen einschlägiger Etablissements, Telefonnummern, unter denen sich stets stöhnende Frauen meldeten, Lippenstiftflecken an seinen Hemdkragen und andere Spuren in seiner Unterwäsche. War sie anfangs geschockt und empört über seinen Verrat, so wurde ihr bald die Aussichtslosigkeit einer Konfrontation bewusst. Sie würde immer nur den Kürzeren ziehen. Schließlich war sie es ja, die ihn in die Arme anderer Frauen trieb. Frauen, die ihm im Bett auf jeden Fall mehr bieten konnten.

Doch dass er ausgerechnet an ihrem zehnten Hochzeitstag bei einer anderen Frau war, das ließ sie nun keineswegs kalt. Hatte sie ihm doch extra beim Frühstück angedeutet, dass es sich um einen besonderen Tag handelte. Ob er sie hinter seiner Zeitung überhaupt gehört hatte?

Die Karaffe war längst leer getrunken, als sie durch den Nebel in ihrem Kopf den Schlüssel unsicher an der Tür entlang kratzen hörte. Sofort war sie wieder hellwach. Er konnte sich kaum noch auf den Beinen halten. Lallend kam er ihr entgegen. Ein triefäugiger, hängebauchiger Möchtegern-Casanova. Sie ekelte sich vor seinem Anblick. Er schaffte es gerade noch ins Schlafzimmer, wo er sich in voller Montur aufs Bett fallen ließ und fast sofort anfing, lautstark zu schnarchen.

Seine Taschen waren auch diesmal eine wahre Fundgrube. Doch nicht die sonst üblichen Rechnungen und Zettelchen entfalteten sich unter ihren Händen, sondern ein amtlich aussehendes Stück Papier. Oben der Briefkopf von der Uni-Klinik. Und darunter einige Blutwerte. Selbst nach einer Flasche Wein brauchte sie nicht lange, um zu begreifen, was diese Zeile bedeutete: *HIV I/II positiv*. Alles drehte sich um sie. Dieses Schwein. Dieses elende Mistschwein.

Und jetzt saß sie hier. In seinem Auto. Mit ihm auf dem Beifahrersitz.

Ein infernalisches Krachen katapultierte sie aus ihren Gedanken auf die Straße, auf der sie nun zum Stillstand gekommen war. Rechts neben sich sah sie ein anderes Auto, das irgendwie mit dem ihren verschmolzen zu sein schien. Da wurde auch schon ihre Tür aufgerissen und ein Mann schrie ihr angstvoll entgegen: »Sind Sie verletzt?« Sie schüttelte den Kopf und zeigte stumm auf ihren Nebensitzer. Die Tür an seiner Seite war bis zum Bauch eingebeult. Das rechte Bein war unter dem Metall gänzlich verschwunden. Der Oberkörper hing leblos nach vorn, nur vom Gurt gehalten. Der Fremde zog sie aus dem Auto heraus. »O, Gott, es tut mir leid, ich muss kurz eingeschlafen sein, es tut mir so leid, kann man nichts mehr für ihn tun?« Sie schüttelte den Kopf. Die Tränen strömten wie von selbst aus ihr heraus. Sie weinte, doch sie weinte nicht aus dem Grund, den der Fremde vermuten würde. Sie weinte um all ihre betrogenen Hoffnungen, um all die verlorenen Jahre, eingesperrt in ein Gefängnis, das sie sich selbst gewählt hatte. Nun war sie frei. Doch was fing sie mit dieser Freiheit an?

Als der Fremde seine Arme um sie legte, schluchzte sie laut auf. »Wir waren gerade auf dem Weg in unsere zweiten Flitterwochen«, presste sie undeutlich hervor und es schien ihr weniger eine Lüge zu sein, als es die letzten Jahre ihres Lebens gewesen waren.

Krause Glucke

Das Geräusch drang wie durch Schichten von Wasser in ihr Bewusstsein. An- und abschwellend. Laut und leiser werdend. Jetzt dicht an ihrem linken Ohr. Anita erwachte. Der schlechte Atem ihres Mannes streifte, von einem Pfeifton begleitet, ihre Nase. Ein kräftiger Windzug, der sie frösteln ließ. Schaudernd drehte sie sich auf die andere Seite. Natürlich. Was sollte es auch sonst sein, das sie da – wie fast jede Nacht – aus dem Schlaf schrecken ließ. Sie kannte all die Variationen dieser Schnarchkonzerte. Gleich würde aus dem Pfeifen ein immer schnelleres Hecheln werden, das dann in ein ersticktes Röcheln übergehen würde, worauf Bernhard kurz aufwachen und sich vom Rücken auf die Seite drehen würde, was ihr dann für einige Minuten die Chance gab, wieder in den Schlaf zu finden.

Nichts, aber auch nichts von dem, was sie ausprobiert hatte, war von Erfolg gekrönt gewesen. Keine Trillerpfeife, mit der sie versucht hatte, ihn aus dem Rhythmus zu bringen, kein Nase zuhalten oder in die Rippen stoßen. Irgendwann lag er wieder auf dem Rücken und tat das, was für ihn zur Nacht zu gehören schien, wie für sie die Schlaflosigkeit.

Selbst die Wissenschaft, derer sie versucht hatte, sich zu bedienen, half hier nicht weiter. Als sie ihm einmal die Gefährlichkeit seines Schnarchens mit Hilfe von Wörtern wie Schlafapnoe deutlich zu machen versucht hatte und ihn überreden wollte, sich doch in ein Schlaflabor zu begeben, sah er sie nur ärgerlich mit diesem *Kannst-du-nicht-aufhören-*

mich-zu nerven-Blick an, und das Thema war damit erledigt. Für ihn erledigt.

Sie konnte weiter sehen, wo sie ihren kostbaren Nachtschlaf her bekam. Getrennte Zimmer? Fehlanzeige. Ihren diesbezüglich vorgebrachten, mit genügend entschärfenden Erklärungen abgemilderten Wunsch (›es ist doch bloß ein räumliches Getrennt-sein, es hat doch nichts mit meinen Gefühlen für dich zu tun, was glaubst du, wie viele Ehepartner getrennt schlafen‹), wischte er mit einem kurzen peitschenden Satz zur Seite: »Dann kannst du dir auch gleich eine andere Wohnung suchen!«

Und nachts heimlich still und leise auf die Couch im Wohnzimmer zu verschwinden, hatte sich auch als undurchführbar erwiesen. Diese, in seinen Augen persönliche Beleidigung, wurde strengstens geahndet. Nicht sofort. O nein! Er hatte diesbezüglich ein langes Gedächtnis. Er konnte warten, bis die Gelegenheit günstig war. Bis beispielsweise die Tochter kam mit den Enkelkindern, und er sich wieder einmal so unmöglich aufführte, dass Anita nicht wusste, wie sie da noch ausgleichend eingreifen konnte. Kein Wunder, dass sie sich kaum noch sehen ließen. Und wieder war ein Grund verschwunden, sich am Leben zu freuen. Für sie.

Oder er wartete den Zeitpunkt ab, wenn sie zu einem Besuch ihrer Tochter am anderen Ende Deutschlands fahren wollte. Ein- oder zweimal im Jahr. Dann ereilte ihn kurz vor ihrer Abfahrt eine plötzliche schwere Krankheit. Ein Angina pectoris Anfall beispielsweise. Oder er rief an, wenn sie dort war, und teilte ihr mit schmerzverzerrter Stimme mit, wo er das Testament hinterlegt hatte. Er selbst war ja zu krank (bequem), um sich eine so lange Zugfahrt zumuten zu können. In jedem Fall saß er immer am längeren Hebel, ganz egal, was sie sich einfallen ließ, um ihr Leben mit ihm erträglicher zu machen.

Ihn zu verlassen, diese Option hatte sie nicht nur einmal erwogen. Auch die Tochter fragte des Öfteren, warum sie eigentlich noch mit dem Vater zusammen sei. Einen Grund aber vermochte Anita nicht zu nennen. Außer jenem, dass sie dann seinen Tod, zumindest aber seinen kompletten Zusammenbruch verantworten müsse, da er ohne sie nicht lebensfähig sei. Über das andere jedoch, diese latente Angst, wenn sie an die Alternative des Alleinlebens, an die damit zwangsläufig verbundene Einsamkeit dachte, darüber sprach sie nicht. Dann doch lieber ertragen, was sie kannte. Und sich ihre Fluchten gönnen. In ihre Welt aus Erinnerungen und Vorstellungen, zu der er keinen Zugang hatte. Auch Erinnerungen daran, wie er war, als sie sich kennengelernt hatten. Dieser höfliche, zurückhaltende Herr, der sie, die schüchterne Verkäuferin, angesprochen und zum Kaffee eingeladen hatte. Der sie umworben, mit Blumen und Pralinen überrascht, und sie schließlich davon überzeugt hatte, dass ein Zusammenleben mit ihm allemal besser sei, als weiter bei den Eltern deren ewigen Nörgeleien ausgesetzt zu sein. Auch die Hochzeit war noch so gewesen, wie sich das sicher jede junge Frau erträumte. Und auch die ersten Wochen und Monate ihrer Ehe. Wann es angefangen hatte, ihr Bauchgrimmen zu verursachen, konnte Anita nicht mehr genau festmachen. War es schon während ihrer Schwangerschaft gewesen, oder erst nach der Geburt ihrer einzigen Tochter? Sie wusste es nicht, und es war auch nicht wichtig. Wichtig war allein, wozu sich beide in den Jahren danach entwickelt hatten: Zu einem Paar, das sich nichts mehr zu sagen hatte, wie so viele in ihrem Alter.

Wie erwartet, begann jetzt der zweite Teil des »Konzerts«: *Allegro*. Kurze rhythmische Atemstöße, die einem Donnergrollen glichen und sich steigerten, bis der vibrierende Schleim in seinem Gang zwischen Nase und Rachen einen

Hustenreiz auslöste. Meist griff er anschließend nach der Flasche mit Mineralwasser, die für diese Fälle neben dem Bett bereit stand.

Anita versuchte sich zu helfen, indem sie früher als er ins Bett ging in der Hoffnung, schon zu schlafen, wenn er den ersten Schnarchgang einlegte. Notfalls mit Hilfe einer oder zweier Tabletten. Oder zweier oder dreier Gläser Wein. Alternativ Kognak. Oder Grog.

Doch nicht immer ließ er sie gehen. Er mochte es nicht, allein vor dem Fernseher zu sitzen und von Sender zu Sender zu zappen. Er mochte es vor allen Dingen nicht, sich sein Bier allein aus dem Kühlschrank holen zu müssen. Und er wollte, dass jemand da war, dem er seine Kommentare mitteilen konnte. Zu dem Krimi. Oder dem Fußballspiel.

»Ist der jetzt so blöd, oder merkt der wirklich nicht, dass er auf der falschen Spur ist?« »Jetzt schieß doch endlich, du Idiot, der Ballack läuft dort drüben doch völlig frei!« Wer, wenn nicht seine Frau sollte von seinen Qualitäten wissen? Davon, dass er den Fall längst gelöst, das Tor längst geschossen hätte.

Der beste Trick war aber der, den sie in den letzten Jahren bis zur Perfektion trainiert hatte. Sie versetzte sich einfach weg. Weg aus dem Doppelbett mit ihrem übergewichtigen schnarchenden Ehemann, aus dem Schlafzimmer mit der Blümchentapete und den schnäbelnden Tauben überm Bett, aus der bald abbezahlten Eigentumswohnung mit Balkon, auf dem ihr Mann Kakteen züchtete, weg aus dem unbedeutenden Vorort der ebenso unbedeutenden Kleinstadt, in der sie nichts hielt, nicht einmal eine Freundin.

Bevorzugt träumte sie sich in den Wald. Die einzige Möglichkeit, nicht endgültig verrückt zu werden. Der Wald war von der Wohnung in wenigen Minuten zu Fuß zu erreichen. Und es verging ab dem Frühsommer bis in den Spätherbst kaum ein Tag, an dem sie nicht ihre bequemen Schuhe und eine alte Hose anzog, um dorthin zu gehen. Meist unter dem Vorwand, Pilze zu suchen. Ihr Mann nannte dies ihr ›Hobby‹. Wenn sie ihm den wahren Grund genannt hätte, wäre sie durch seinen beredten Blick noch ein Stück weiter demontiert worden. »Bist du jetzt vollends übergeschnappt?!«

Es war die Ruhe, die sie immer wieder unter das dichte Blätterdach des Waldes zog. Eine Ruhe, die keineswegs still war. Sie kannte die Geräusche des Waldes mittlerweile gut. Die verschiedenen Vogelstimmen, das Pochen des Spechtes, das leise Geräusch der im Herbst fallenden Blätter. Das Knacken des dürren Unterholzes, wenn ein kleines Tier umherstreifte. Und die Gerüche. Der schwere würzige Duft im Herbst, wenn sie am liebsten in den Wald ging.

Sie dachte an die Krause Glucke, die sie am heutigen Tag gefunden und am Abend mit Zwiebeln und Ei gebraten hatte, und an all die anderen Pilze, essbare und giftige, die sie unterscheiden konnte, und deren Standorte sie kannte, seit Jahren schon. Sie dachte auch an jene Nacht, als in ihr die Wut und Verzweiflung wegen des alles Ohropax durchdringenden Crescentos der Rachenlaute so stark geworden waren, dass sie den Gedanken zumindest erwog, ein Stück Panther- oder Fliegenpilz in seinen Gulasch zu mischen. Doch erschrocken über sich selbst hatte sie diese Möglichkeit schnell in der großen Truhe mit ihren geheimsten Sehnsüchten verstaut und diese mit einem großen Schloss gesichert.

Das Pfeifen neben ihr wurde zum Wind, der durch die hohen Kronen der Nadelbäume fuhr, der Zapfen von den Zweigen zauste und manche Bäume ächzen ließ, als trügen sie an der Last ihrer Jahre.

Oft konnte sie der Versuchung nicht widerstehen, sich auf ein sonnengeflecktes Stück Moos zu legen, sich tief hinab sinken zu lassen in diese Stille und endlich, endlich zu schlafen.

Einmal hatte dies dazu geführt, dass sie erst nach Einbruch der Dunkelheit wieder erwacht war, und sich zu Hause aus der Tatsache, dass das Abendessen nicht pünktlich auf dem Tisch stand, ein handfester Ehekrach entwickelt hatte. Seitdem nahm sie immer den Kurzzeitwecker mit, der sie nach genau einer Stunde wieder aus ihrem erholsamen Schlaf riss. Wie gern hätte sie sich für immer dort eingegraben in das duftende Moos. Zugedeckt vom raschelnden Laub, seinen nussigen Geruch tief einatmend. Unter dem Rücken das dicke weiche Polster aus Tannen- und Kiefernnadeln.

Undenkbar, dass ihr Mann sie früher auf ihren Spaziergängen begleitet, ja, diese genauso geliebt hatte wie sie selbst. Wann hatte er sich das letzte Mal aus seinem Fernsehsessel gehievt, um mit ihr in die Natur zu gehen? Wo war der Mann hin entschwunden, den sie geheiratet hatte? Abenteuerlustig und immer mit einem Scherz auf den Lippen?

Der Wind in den Bäumen wurde zum Sturm. Aus dem leichten Hauch, der über ihren Hals und ihr Gesicht strich, war eine kalte Hand geworden, die an ihren Haaren riss. Anita schlug wild um sich. Nein, sie wollte ihren Platz nicht verlassen. Auch die Geräusche des Waldes hatten sich verändert. Ein großes Tier kam auf ihr Lager zu. Bedrohlich knurrend näherte es sich. Aber sie hatte keine Angst. Sie würde ihren Platz verteidigen. Der einzige Platz, der ihr noch geblieben war. Wo sie sie selbst sein konnte. Reden oder schweigen, wann sie es wollte. Und vor allem schlafen. Schlaf brauchte sie dringend. Ungeahnte Kräfte erwuchsen ihr. Sie schlug und schlug und schien das Tier wirklich zu erschrecken. Es zog sich zurück.

Als Anita erwachte, fiel ihr zuerst die Stille auf. So still war es sonst am Morgen nie. Meist erwachte sie von den letzten Ausläufern der nächtlichen Schnarchorgien. Verwundert drehte sie sich zu ihrem Mann herum. Sein Gesicht und ein Teil des Oberkörpers waren von einem Kissen verdeckt. *Wieso deckt er sein Kissen über sich*, fragte sich Anita einen Moment. Dann wurde ihr klar, dass es sich um ihr Kissen handelte. Die Erkenntnis traf sie wie eine Keule. Vorsichtig entfernte sie das Kissen. Sein Mund war geöffnet wie bei einem Fisch, der auf dem Trockenen liegt. Anita betrachtete den unbeweglichen Körper einige Minuten. In ihrem Kopf waren Vogelstimmen und in ihrer Nase die Gerüche des Waldes.

»Siehst du, Bernhard, hättest du auf mich gehört! Ich habe dir doch immer wieder gesagt, wie gefährlich Schlafapnoe sein kann. Lebensgefährlich!«

Saure Kutteln

Das Geräusch der Scheibenwischer ließ die Stille zwischen ihnen noch absoluter erscheinen. Besonders nach seinem letzten Satz, der immer noch in Verena nachhallte: »Warum musstest du auch wegen der paar Kutteln so ein Theater machen!« Sie brauchte Fred gar nicht erst anzusehen. Sie kannte sein Gesicht in solchen Situationen. Die Falte zwischen den Brauen würde wieder sehr tief sein, und die ohnehin nicht sehr vollen Lippen wären zu einer schmalen Linie zusammengepresst. Schon beim Klang des Wortes Kutteln hob sich ihr Magen bedenklich, und Verena musste ein paar Mal gegen den aufkommenden Würgereiz anschlucken. Sofort war das dazugehörige Bild auf ihrer inneren Mattscheibe erschienen: Die weißlich verschrumpelten Stücke, die sie bei ihrem Metzger gesehen und von denen sie auf Nachfrage erfahren hatte, dass es sich um den Vormagen einer Kuh handelte. Auf einer Seite waren die gummiartigen Streifen mit kleinen Noppen besetzt, wie die gelben Borsten des Semmelstoppelpilzes, den sie so gern im Herbst sammelte.

Auf dem Tisch seiner Eltern waren die weißlichen Streifen in einer undefinierbaren Brühe geschwommen. Vor ihrem inneren Auge erschienen plötzlich Wasserleichen, die in einem See trieben und deren aufgedunsene Haut hier und da durch die Oberfläche durchschimmerte. Verena schüttelte sich. Sie hatte einfach zu viel Fantasie.

Fred fuhr weiter mit starrem Blick nach vorn, hinaus in die Dunkelheit, die von den Scheinwerfern wegen des starken

Regens nur unzureichend erhellt wurde. Er würde sie sein Missfallen in den nächsten Tagen noch oft spüren lassen. Fred war nachtragend.

Verena kannte ihn jetzt fast ein Jahr; sie hatten sich schon während ihres Studiums oft gesehen und waren sich zwei Jahre später wieder über den Weg gelaufen. Fred hatte mittlerweile eine Stelle bei einem ortsansässigen Computerhersteller gefunden, und Verena arbeitete in der Kalkulationsabteilung einer Textilfirma. Ziemlich schnell hatte Fred den Wunsch geäußert, mit ihr zusammenzuziehen, doch dazu hatte Verena keine große Lust. Die wenigen Besuche in seiner Wohnung hatten ihr klargemacht, dass er in erster Linie bestrebt war, jemand zu finden, der sich um seine Wäsche, das Essen und die Sauberkeit der Wohnung kümmerte. Dazu verspürte sie wenig Neigung. Was es ihr bringen sollte, sich jeden Tag über die kleinen und großen Unzulänglichkeiten des Partners zu ärgern und ihm hinterherzuräumen, wusste sie nicht.

An diesem Tag nun hatte Fred sie bei seinen Eltern eingeführt. Ihre eigenen lebten immer noch dort, von wo Verena nach dem Fall der Mauer weggegangen war: in Thüringen. Freds Eltern bewirtschafteten in einem kleinen Ort auf der Schwäbischen Alb einen Bauernhof, den eigentlich Fred hätte übernehmen sollen. Dass der einzige Sohn lieber BWL studierte, als mitten in der Nacht aufzustehen und Kühe zu melken, hatte zu vielen scharfen Worten von Seiten des Vaters und ebenso vielen Tränen mütterlicherseits geführt. Deshalb war das Verhältnis auch seit einigen Jahren abgekühlt, und die gegenseitigen Besuche beschränkten sich im Wesentlichen auf die Feste.

Nach einer etwas steifen Begrüßung hatte man sich um den mit gutem Porzellan gedeckten Tisch gesetzt, und die Mutter hatte erst einen Topf mit Bratkartoffeln und dann die Suppenterrine hereingebracht. »Se esset doch Kuddle, Freilein?«, hatte sie Verena gefragt, um gleich darauf noch hinzuzufügen: »De Gerdi domols hat jo für mei saure Kuddle so gschwärmt!« Dem Blick nach zu urteilen, den Fred daraufhin seiner Mutter zuwarf, musste es sich bei Gerdi wohl um jene Freundin handeln, die er vor fünf Jahren mit nach Hause gebracht und die den Vorstellungen seiner Eltern sehr entsprochen hatte. Denen von Fred wohl weniger, sonst säße er heute nicht mit ihr, sondern mit Gerdi am Familientisch. Verena hatte kurz schlucken müssen, einmal wegen der Spitze, vor allem aber wegen des Anblicks, der sich ihr nach Heben des Deckels geboten hatte. Es war ihr schon immer ein Rätsel gewesen, wie Menschen diese, in manchen Gegenden und Ländern als Spezialität geltenden, Innereien essen konnten. Zwar hatte sie nie mit Fred explizit über Kutteln gesprochen; es war auch bei keinem ihrer gemeinsamen Gaststättenbesuche ein Thema gewesen, doch handelte es sich hierbei in jedem Fall um ein sehr spezielles Gericht, das zwar von einigen heiß geliebt zu werden schien, das andere jedoch umso heftiger verschmähten. Zu diesen anderen gehörte auch Verena.

Ohne auf die Frage der Mutter zu antworten, schöpfte sie sich eine Kelle Bratkartoffeln aus dem Topf und wartete, bis die anderen sich bedient hatten. Doch Freds Mutter wollte es wohl wissen, denn jetzt schickte sie sich an, jedem höchstpersönlich eine Kelle Kutteln darüber zu leeren. Ohne auf ihre entsetzte Miene Rücksicht zu nehmen, nahm sie auch Verenas Teller, oder versuchte es jedenfalls, denn Verena hielt ihn geistesgegenwärtig fest, entschlossen, ihn nicht aus der Hand zu geben. Es entstand ein Hin- und Hergezerre, das lustig gewesen wäre, hätte es sich nicht mit einer gegenseitigen Entschlossenheit abgespielt, die an Verbissenheit grenzte. Fred nahm es zunächst für einen Scherz und legte begütigend die Hand auf Verenas Arm. »Jetzt lass sie dir doch aufschöpfen«, sagte er einlenkend. Doch Verena nahm all ihren Mut zusammen und lehnte dankend ab. »Sie sind sicher eine ausgezeichnete Köchin«, brachte sie ihr Friedensangebot vor, »aber ich esse keine Innereien.« Beleidigt schöpfte die Mutter nun die Teller der anderen umso voller.

Doch Fred wollte die Sache nicht auf sich beruhen lassen. »Wie kannst du überhaupt wissen, dass du keine Kutteln magst, wenn du noch nie welche probiert hast?« Verena spürte, dass die Schlagfertigkeit, sonst eine ihrer größten Stärken, hier fehl am Platze war. Sie wollte niemand gegen sich aufbringen, hatte immer noch den Wunsch, bei seinen Eltern einen guten Eindruck zu hinterlassen. Was immer das konkret auch bedeutete. Also fiel ihr Widerspruch entsprechend unentschlossen aus. »Probier doch einfach mal einen Löffel, wenn es dir dann partout nicht schmeckt, kannst du's ja lassen«, versuchte es Fred mit einem Kompromiss und übersah das empörte Schnaufen seiner Mutter. Der Vater war bereits wieder dazu übergegangen, den Inhalt des Tellers schnell und geräuschvoll in seinen Mund zu befördern. Er hatte sich entschlossen, diese merkwürdige Frau mit der Abneigung gegen Kutteln einfach zu ignorieren. Wahrscheinlich würde er nie wieder das Wort an sie richten.

Verena sah Fred mit einem flehentlichen Blick an. »Ich kann nicht, tut mir leid!«, flüsterte sie mehr, als sie es sagte. Ohne sie noch eines Blickes oder Wortes zu würdigen, aß Fred seine Portion, nahm sich demonstrativ zwei Mal nach und lobte seine Mutter so überschwänglich, als könne das Verenas Verweigerung wieder ausgleichen. Verena war für die anderen am Tisch Luft geworden und aß mühsam die trockenen Bratkartoffeln, die sie mit viel Wasser hinunterspülte.

Der Rest des Nachmittages verlief so gezwungen, wie erwartet, und die Mutter war sich nicht zu schade, noch ein, zwei bissige Bemerkung gegen Städter im Allgemeinen und kinderlose Single-Frauen jenseits der 30 im Besonderen anzubringen. Jedes Mal überzog sich Freds Gesicht mit einer flammenden Röte, als habe ihn jemand geohrfeigt. Er stärkte ihr nicht den Rücken, er stellte nicht richtig, dass Verena auf einem ebensolchen Dorf aufgewachsen war, bevor sie zum Studieren in die Universitätsstadt gekommen war. Und Verena mochte ihre Stimme nicht mehr erheben. Sie hätte von den Schlachtfesten erzählen können, die sie jedes Jahr bei den Großeltern miterlebt hatte. Schon als Kind war sie zwischen den geschäftig hin- und hereilenden Männern und Frauen umhergewuselt, hatte sich vom Fleischer ein Blutmal auf die Stirn zeichnen und von ihm zum Nachbarn schicken lassen, um den Kümmelspalter zu holen. An diesem Tag wurde viel gelacht und getrunken. *Nordhäuser Doppelkorn*, der erste schon zum Frühstück. Und natürlich hatte sie hier auch Innereien gesehen und Därme, meterweise, in die die Wurstmasse eingefüllt wurde.

Doch es gab auch Dinge, die sie nicht ertragen konnte: Wenn das quiekende Schwein mit einem Bolzenschussapparat getötet wurde, und wenn man, nachdem es mit den Hinterläufen an ein Lattengerüst wie ans Kreuz gebunden worden war, seinen Leib aufschnitt und es ausweidete. Auch das Ausbluten in den Eimer, in dem dann jemand ständig mit einem Holzstab rühren musste, damit das Blut nicht gerann, bevor es zu Blutwurst – die sie nie mochte – werden konnte. Und das Hirn, das auf einem Teller wie eine Trophäe oder der Kopf von Johannes auf dem Bild im Schloss in die Küche getragen wurde, sehnsüchtig von der Großmutter erwartet, die die graue zerfurchte Masse in Butter und mit Ei auf dem alten Küchenherd mit seinen herausnehmbaren Ringen briet und voll Gier allein aufaß. Das Hirn war immer nur für die Oma. Als Kind hatte sich Verena gefragt, ob ihre Großmutter hoffte, durch den Verzehr von Hirnmasse schlauer zu werden. Auch jetzt noch schüttelte sie sich bei dem Gedanken daran. Ja, das war sicher noch eine Spur schlimmer als Kutteln.

Plötzlich fühlte Verena, wie sich aus Richtung ihres Magens ein Druck gegen ihre Speiseröhre ausbreitete. Obwohl sie kaum etwas gegessen hatte, war es ihr speiübel. Sie versuchte zwar, durch heftiges Schlucken dagegen anzukämpfen, aber dieses Mal gelang es ihr nicht. Warum mussten auch ausgerechnet solche Erinnerungen in ihr heraufdrängen! »Fahr schnell rechts ran, ich muss kotzen!«, konnte sie gerade noch stammeln, da kam bereits ein Schwall Zwiebeln und Bratkartoffeln in ihrem Mundraum an. Fred hatte den Ernst der Lage schnell erkannt und rollte auf dem Randstreifen aus. Verena riss mit der anderen Hand die Tür auf und stolperte ins Freie. Es war, als würde sich ihr Magen umstülpen. Immer und immer wieder wurde sie von Brechkrämpfen geschüttelt, und als nichts mehr im Magen war, würgte sie bittere Flüssigkeit heraus. Längst hatte sich auch ihre Blase entleert und die Tränen aus den Augen vermischten sich mit dem Rotz aus ihrer Nase.

Fred blieb lange im Wagen sitzen. Zu lange. Zeit für Verena, sich zu fragen, warum sie eigentlich mit ihm zusammen war. Als er schließlich doch, mittlerweile durch die Besorgnis von seiner Verärgerung befreit, zu ihr kam, war etwas mit ihr geschehen. Seine Frage »Was ist los, bist du etwa schwanger?«, brachte ihre Befürchtungen der letzten Wochen auf den Punkt.

Doch plötzlich konnte sie es sich nicht mehr vorstellen, mit diesem Mann eine Familie zu gründen. Sie richtete sich auf und wischte sich mit ihrem Jackenärmel über das nasse, verklebte Gesicht. »Nein, nein, keine Bange, ich musste nur wieder an die Kutteln denken«, antwortete sie mit fester Stimme, bevor sie sich wieder ins Auto setzte.

Das andere Ufer

»Bist du gerade verliebt?« Die Frage vom anderen Ende der Telefonleitung erstaunte Carina. Wollte Manuel seine Chancen für ein intimes Beisammensein bei seinem nächsten Stopp in ihrer Gegend abchecken? »Leider nein, bedaure«, antwortete sie und versuchte sich dabei zu erinnern, wie lange es her war, dass sie in sich so etwas Ähnliches verspürt hatte. Es gelang ihr auf die Schnelle nicht, den Zeitpunkt an irgendeiner Jahreszahl festzumachen. Aus dem Untergeschoss dröhnte das Aufeinanderkrachen von Hartplastikteilen und die lautmalerische Begleitmusik ihres achtjährigen Sohnes, der wieder einmal irgendwelche Armeen gegeneinander kämpfen ließ. Playmobil-Spielzeug war robust, das hielt den Ausbrüchen des kleinen Helden stand. Wie sollten bei ihr inmitten von all dem Kriegsgeschrei überhaupt Gedanken an etwas Anderes aufkeimen?

Manuel erzählte ihr gerade, dass er in der letzten Woche in Buenos Aires eine Frau getroffen habe, bei der er exakt in denselben Wahn verfallen sei wie damals bei ihr. »Wann ist das gewesen mit uns?«, wollte er von ihr wissen und sie brauchte nicht lange zu überlegen, denn diesen Zeitpunkt würde sie trotz ihres schlechten Gedächtnisses nie vergessen können. Sie war gerade schwanger gewesen. »Ich habe jeden Tag an dich denken müssen. Alles hat mich wieder so an diese Zeit erinnert«, gestand er ihr. »Es hat vorher und bis letzte Woche auch nachher nie wieder so etwas in meinem Leben gegeben«.

Er schien wirklich aufgewühlt zu sein bis ins Innerste.

I

In Buenos Aires im Café war sie mir gleich aufgefallen. Sie saß allein an einem Tisch und las wie ich Zeitung. Dunkles volles Haar floss ihr den Rücken hinab, die prachtvollen Titten hatte ich auch schon bemerkt. Ich setzte mich nach kurzer Zeit zu ihr und fragte sie, ob sie mir ein paar Tipps für Besichtigungen der Stadt geben könne. Dabei stellte sich heraus, dass sie kein Englisch sprach und so mussten wir uns recht und schlecht mit dem Wörterbuch und Händen und Füßen behelfen. Ihr Lächeln war bezaubernd, ich rückte ihr so nah auf den Leib, dass ich den Duft ihres Haares, ihrer Haut riechen konnte. Ich hätte mich am liebsten in ihrem Duft vergraben. Ich konnte kaum meine Hände bei mir behalten, in meiner Hose pochte es schmerzhaft. Sie bot sich an, mir etwas von der Stadt zu zeigen. Ich ging aufs Ganze. Ich müsse mich noch im Hotel umziehen, ob sie im Café warten oder mitkommen wolle, fragte ich sie. Sie kam mit. In der Hotelhalle bekam sie ihre letzte Chance, doch sie wollte mit nach oben kommen. Als sich die Türen des Aufzuges geschlossen hatten, konnte ich mich nicht länger beherrschen, ich küsste sie. O diese Lippen! Weich und satt, eine süße Verheißung. Meine Finger zitterten, als ich den Schlüssel ins Schloss steckte. Ohne Umstände fielen wir ins Bett. Dort blieben wir den Rest des Tages und verließen das Zimmer nur am Abend, um eine Kleinigkeit zu essen. Maria war ein Traum. Ich musste sie immer wieder berühren, um mir zu vergegenwärtigen, dass sie kein Trugbild meiner überreizten Phantasie war. Sie war wirklich da. Sechsundzwanzig, wunderschön und Wachs unter meinen Händen. Der Geruch ihres Haares an allen Stellen ihres Körpers machte mich rasend. Er weckte Erinnerungen. An Carina. An das, was ich damals, zum ersten Mal, wegen einer Frau durchgemacht hatte. Nie hätte ich gedacht, dass ich diese Gefühle noch einmal erleben würde. Und immer war im Hintergrund die andere Seite des Geschmackes: die Unmöglichkeit, das grenzenlose

Leid, der unerträgliche Schmerz. Wäre das bei Maria der unausweichliche Abschied? Spätestens nach dieser einen Woche Urlaub? Oder schon am nächsten Morgen, wenn sie mir die Rechnung präsentieren würde?

Ja, ich hoffte fast, sie würde sich als eine Prostituierte entpuppen, bei aller kurzfristigen Enttäuschung vielleicht, so wäre es langfristig für mein Seelenheil doch so viel besser gewesen. Ein kurzer Stich, eine kleine weitere Kerbe für mein Ego, aber das Aufatmen: noch einmal davon gekommen! Nur genippt am bittersüßen Becher der Selbstzerstörung!

Leider blieb sie. Und forderte auch kein Geld. Wir verbrachten jede Stunde dieser einen Woche zusammen. Und keine einzige war langweilig oder uninteressant. Wir redeten nicht über unsere Vergangenheit, über die Menschen, mit denen wir sonst unseren Weg gehen, oder über die Arbeit, mit der wir unsere Brötchen verdienen. Wir schauten, wir staunten und wir liebten.

Und als ich im Flugzeug saß, heulte ich wie ein kleiner Junge. Das erste Mal seit ... o Gott, wie lang war das jetzt her?

II

Das Telefongespräch mit Manuel hatte alles wieder aufgeweckt. Dinge in ihrem Inneren zum Vorschein gebracht, die sie in den letzten neun Jahren sorgsam verschlossen gehalten hatte. Und wieder stand sie, wie damals, vor der Frage, warum diese großen Gefühle nichts Großes hatten schaffen, sondern nur zerstören können. Und der Einzige, der aus all dieser Zerstörung weitgehend unbeschädigt heraus gekommen war, war Manuel. Der, der diesen ganzen Kreisel in Bewegung gesetzt hatte.

Als neuer Chef war er o.k. Locker, nicht überheblich, sondern auf ihre Hilfe und Unterstützung angewiesen, die sie ihm gern gab. In den Pausen unterhielten sie sich über politische oder philosophische Themen, er hatte einen weiten Horizont, interessierte sich für Vieles, kannte sich bei den meisten Themen wesentlich besser aus als sie, die nur Oberflächenwissen besaß. Er machte sich einen Spaß daraus, ihr klarzumachen, wie leicht sie mit ein paar Fangfragen aufs Glatteis geführt und ihrer Wissenslücken ansichtig werden konnte. Aber sie nahm es ihm nicht krumm, sie genoss diese Diskussionen, die manchmal eher einem Schlagabtausch glichen, durchsetzt mit viel Frotzelei. Er war ein Charmeur. Doch er wusste auch, dass sie verheiratet war, auch wenn er keinen Hehl daraus machte, dass er von ihrem Mann, der zwölf Jahre älter war, nicht viel hielt. Manchmal heulte sie sich bei ihm aus. Über die Pedanterie, den Geiz oder die Besserwisserei ihres Gatten. Manuel hörte sich alles an und sagte nicht viel dazu. Wenn sie zusammen mit seiner Frau zum Essen oder zum Kegeln gingen, merkte nur die Frau von Manuel, dass seine Blicke und Gesten an die Adresse von Carina mehr als nur freundschaftlicher oder kollegialer Natur waren.

Und an jenem Silvesterabend, an dem Carina mit ihrem Mann bei Manuel und seiner Frau eingeladen war, das Käsefondue eine Katastrophe und die einzigen, die sich prächtig unterhielten, Carina und Manuel gewesen waren, an jenem Abend merkte seine Frau endgültig, dass hier etwas gar nicht so lief, wie es sollte. Carinas Mann versuchte mit Manuels Frau Small Talk zu machen, um die Situation nicht gar so peinlich werden zu lassen.

Auch hier war für Carina alles noch normal. Nicht mal der Kuss, den selbst sie als dem Anlass nicht angemessen empfunden hatte und den ihr Manuel um Mitternacht vor dem Haus abrang, ließ sie stutzen. Auf der Heimfahrt hörte sie sich dann wie immer die nörgelnden Kritiken ihres Mannes über ihr Verhalten an. Sie habe zu viel getrunken, zu laut gelacht und außer ihrem Gespräch sei ihr alles egal gewesen.

Zwei Wochen danach war sie schwanger. Manuel als ihren Chef unterrichtete sie, sobald sie die Bestätigung vom Frauenarzt hatte. Er freute sich mit ihr. Er wusste, wie lange sie schon auf diese Schwangerschaft hingearbeitet hatte. Ihr Verhältnis blieb, wie es war. Und Carina wunderte sich immer noch nicht, dass sie von Manuel, mit dem sie immer noch per Sie war, so häufig gebeten wurde, länger im Geschäft zu bleiben, weil er dies oder jenes noch unbedingt mit ihr besprechen und durcharbeiten musste.

Dann begleitete sie ihn zu einem Auswärtstermin an den Bodensee. Nachdem das Dienstliche erledigt war und sie etwas gegessen hatten, schlug Manuel vor, auf den Segelflugplatz zu fahren, wo er sein Flugzeug stehen hatte. Dort sei sicher nicht so ein Nebel wie am See und man könne dort oben auch gut spazieren gehen.

In der Februarsonne liefen sie am Waldrand entlang, den Blick auf die noch braunen und gelben Wiesen, auf denen hier und da noch Reste von Altschnee zu sehen waren. In ein paar Wochen würden die Obstbäume am Hang zu neuem Leben erwachen, so wie auch das Leben, das sich dann in ihr regen würde. Fast hätte sie die Sätze Manuels, der neben ihr unaufhörlich redete, überhört. Was erzählte er da von nicht verstandenen Signalen, von seiner Leidenschaft und Liebe, die er nun nicht mehr geheim halten könne. Von wem sprach er da? Erschrocken sah sie ihn an. Seine blaugrauen Augen, die schon immer das Faszinierendste an ihm gewesen waren, schienen feucht und bohrten sich in ihre, dass sie ein

Schauer überlief. Was sollte das werden? Er wusste doch, dass sie schwanger war! Er, der doch nie Kinder wollte, wie er nicht müde wurde bei jeder Gelegenheit zu betonen. Carina schwieg. Was sollte sie auch dazu sagen? Die Erkenntnis sickerte langsam und unmerklich in ihr Bewusstsein, so dass sie hinterher nicht genau hätte sagen können, zu welchem Zeitpunkt ihres Spazierganges es mit aller Deutlichkeit vor ihr gestanden hatte: Der Mann, der neben ihr ging und ihr Chef war, liebte sie. Er nahm ihren Arm und führte sie zu einer Bank, die am Hang in der Sonne stand. Als er saß, schloss er die Augen, als genieße er die warmen Strahlen auf seinem Gesicht. Voll Staunen und Überraschung betrachtete sie die seit zwei Jahren vertrauten Züge. Seine süße Stupsnase und seinen schönen Mund, der, wenn er lachte – und das tat er oft – seine weißen, ebenmäßigen Zähne freigab. Wie konnte sie so lange so blind gewesen sein? Jetzt fielen ihr auf einmal all die Zeichen ein, die sie so sträflich ignoriert hatte: Der Nachmittag, als er sich ihr – zum Dank für ihre Überstunden – zu ihrer Verfügung gestellt und sie mit ihm in der Staatsgalerie und anschließend zum Essen gewesen war. Seine Enttäuschung, als sie stets ängstlich auf die Uhr geschaut hatte, um nicht zu spät zu ihrem Mann nach Hause zu kommen. All die Vorwände, um sie länger im Büro festzuhalten, die ›Geschäftsessen‹ am Mittag, der Tag zwischen Weihnachten und Neujahr, als er sie ins Geschäft gebeten hatte, um die Sachen seines Vorgängers mit ihm durchzusehen und und und. Sie war mit Blindheit geschlagen gewesen. Und nun das! Carina war ratlos. Manuel war ihr sympathisch, mehr jedoch nicht. Da konnte es um ihre Ehe so gut oder schlecht bestellt sein wie es wollte, sie war schwanger, ihr größter Wunsch war in Erfüllung gegangen, warum brachte er sie jetzt mit seinem Geständnis so in Verlegenheit? Er drehte seinen Kopf zu ihr und sah sie durchdringend an. Verwirrt wandte sie ihren Blick ab. Vielleicht konnte sie aus dieser unangenehmen Situation fliehen, indem sie auch weiterhin so tat, als hätte sie ihn nicht verstanden.

III

Warum ich ihr doch noch meine Liebe gestand, damals auf dem Klippeneck, ich weiß es nicht. Ich konnte einfach alles nicht mehr ertragen. Vor allem nicht ihre Ahnungslosigkeit. Wie sie mit strahlendem Blick ihre Mutterschaft spazieren trug, die sie noch mehr an ihren unmöglichen Mann ketten würde, einen Mann, der nur versuchte, sie wie eine seiner Schülerinnen zu erziehen, nach seinem Bilde zu formen und ihr dabei einzureden, es sei zu ihrem Besten. Mein Gott, wie hasste ich sein affektiertes Getue, wenn wir beim Kegeln waren oder anschließend beim Essen. Wir lebten doch nicht mehr im letzten Jahrhundert, wen meinte er mit seinen lateinischen Zitaten, seiner zur Schau gestellten Bildung, seinen Manieren, beeindrucken zu können! Wie viel hatte sie wohl von ihrer Natürlichkeit, ihrer Spontaneität schon eingebüßt in den vielen Jahren, da er schon ihr ›Erzieher‹ war? Wie hielt sie das bloß aus? Ohne zu merken, was er mit ihr anstellte? Durfte ich sie in diesem Umfeld lassen?

Na gut, ich war nicht so uneigennützig, wie ich das heute vielleicht sehen will. Ich war einfach scharf auf sie, wollte diese Frau, wollte sie mit Haut und Haar und sogar mit dem Kind, das von dem anderen in ihr wuchs. Und das musste mir passieren, wo doch Kinder das Letzte gewesen waren, wonach mir der Sinn stand! Es war Raserei, ein Gefühl, was ich noch nie in meinem bisherigen Leben gespürt hatte! Nicht zu vergleichen mit der jungenhaften Schwärmerei, die meinem Alter damals entsprach, als ich meine Frau kennen lernte. Wir waren ja beide noch Kinder! Längst lebten wir mehr wie Geschwister nebeneinander her. Sie hatte gefühlt, was mich die letzten Monate umtrieb, wonach ich mich verzehrte.

Sie hatte es vorgezogen, zu schweigen, solange ich nichts sagte. Vielleicht hoffte sie, der Kelch würde noch einmal an ihr vorüber gehen. Doch an jenem Sonntag, als ich schon in meinem Nimbus saß, bereit, von der Winde hochgezogen zu werden, da stellte sie mir plötzlich die schon lang befürchtete, aber auch irgendwie herbeigesehnte Frage, ob ich mich in Carina verliebt habe, und ich musste Farbe bekennen.

Carina begann mir auszuweichen. Doch das ließ ich nicht zu. Bei einem Gespräch, dem sie nicht entfliehen konnte, machte ich ihr mit aller Deutlichkeit klar, dass ich um sie kämpfen würde. Ich versuchte ihr einzureden, dass ein Leben mit mir für sie besser sei als ein Weiterleben mit ihrem Mann. Und ich stellte sie vor die Entscheidung.

IV

Nachdem sie Manuel gesagt hatte, dass sie bei ihrem Mann bleiben würde, war die Sache für sie zunächst einmal klar gewesen. Doch er wollte die Gründe wissen. Und da war ihr nur eingefallen, dass sie Verantwortung für ein Kind hatte und sich später einmal keine Vorwürfe machen wolle. Das akzeptierte Manuel jedoch nicht. Am nächsten Tag hielt sie einen langen Brief in den Händen. Einen Brief, wie sie ihn noch nie erhalten hatte. ›Irgendwann habe ich dir einmal die Geschichte von dem erzählt, der auf der einen Seite eines Ufers steht. Diese Geschichte ist jetzt deine Geschichte. Gelingt der Absprung – über die Weite des Flusses – ans andere Ufer? Und – du springst nicht allein! Die Sicherheit anderer Ufer zu erkunden geht nur durch Verlassen, Loslassen und Springen. Loslassen heißt vertrauen. Und was ist, wenn es dann das geschmähte Ufer nicht mehr geben wird, und das neue Ufer wie in einem Erdbeben zerbricht? Und was ist mit dir, die du nicht für dich allein, sondern in Verantwortung für einen anderen bist? Ist das oder etwas, das so aussieht, deine Angst? In deiner Angst will ich bei dir sein und deine Ängste ertragen und mittragen. Ich sage nicht, dass ich sie dir nehme – als wenn einer das könnte, wenn sie kommt, die Angst. Ich sage nicht, sie sei grundlos, als wenn es eine Angst ohne einen Grund gäbe. Und ich sage nicht: Vergiss sie einfach, als ob sie sich nicht gerade dann vehement zurückmelden würde, die Angst. Bessere Antworten? Habe ich keine. Meine Antwort fällt mir schwer, sie klingt nach Hybris. Trotzdem: Als Antwort habe ich nur mich selbst. Für dich. Ganz. Und wenn du irgendwann doch springen würdest? Ich liebe dich, Carina. Sehr.‹

Was für ein Brief! Was für ein Mann! Und ausgerechnet sie hatte er sich auserwählt. Konnte da noch irgendetwas schiefgehen? Bei einem Mann, der solche Briefe schrieb? Der sie so sehr liebte? Carina lächelte ein bitteres Lächeln, als sie an die darauffolgenden Wochen dachte. Sie hatten sich heimlich getroffen, hatten sich Küsse gestohlen und Carina hatte sich wieder wie ein Teenager gefühlt. So jung, so begehrt, so erhitzt. Die Situation mit ihrem Mann spitzte sich zu. Sie fragte sich zunehmend, wie das Leben sein würde, mit ihm und dem Baby. Wenn sie kein eigenes Geld mehr verdiente, wenn sie ihn um jeden Friseurbesuch, jedes neue Kleid anbetteln müsste. Sie sah plötzlich nur noch Schwierigkeiten, Auseinandersetzungen auf sich zukommen. Würde sie alles schlucken, um des lieben Friedens willen? So, wie sie immer alles geschluckt hatte? Wäre sie stark genug, ihre Überzeugungen durchzusetzen? Wo er es doch immer geschafft hatte, sie dank seiner Beredsamkeit, seiner ›besseren‹ Argumente, als die Verliererin dastehen zu lassen. Als Verliererin mit Schuldgefühlen noch dazu. Sollte sie den Sprung in eine unsichere Zukunft wagen?

Der Brief gab ihr Kraft. Die Gespräche mit Manuel gaben ihr Kraft. Er war der erste Mann, der seine finanziellen Verhältnisse vor ihr offen legte. Er war sogar bereit, seinen geliebten Flieger zu verkaufen, sollte es nötig sein, um ihr gemeinsames Leben finanzieren zu können. Konnte sie da noch an seiner Liebe zweifeln?

V

Ich war verrückt nach ihr. Wenn ich sie in den Armen hielt, ihren Geruch in mich einsog wie ein Parfüm, den Geschmack ihrer Haut am Hals und an den wenigen Stellen, an denen sie mir gestattete, meine Lippen spazieren gehen zu lassen, mit meiner Zunge kostete, war ich außer mir vor Raserei. Es fiel mir so schwer, mich zu beherrschen. Unerträglich der Gedanke, dass sie heim ging zu ihrem Mann, im selben Bett schlief wie er, womöglich seine Berührungen und mehr über sich ergehen ließ – es war, als würde jemand meine Haut bei lebendigem Leib abziehen. Und abends bei mir zu Hause: meine Frau, die nächtelang heulte und sich fragte, was sie falsch gemacht hatte, wie sie das Rad der Zeit noch einmal zurück drehen könne. Noch immer hoffte sie, dass Carina nicht den Mut finden würde, mit mir ein neues Leben anzufangen. Und irgendwie hoffte ich das auch. Es war nur ein kleiner Zweifel, doch ich müsste lügen, wenn ich sagen würde, dass ich hundertprozentig davon überzeugt war, das Richtige zu tun. Zu lang hatte ich mich in diesen gewohnten Bahnen bewegt, die mich umschlossen wie ein bequemes Kleidungsstück. Und wenn mich meine Frau an das Kind erinnerte, SEIN Kind, kamen mir ernsthafte Zweifel, ob ich ihm, dem Kind, wirklich den Vater ersetzen konnte, ersetzen wollte; ob der Preis nicht zu hoch war. Wenn meine Frau sich nachts an mich klammerte, mich anflehte, mit ihr zu schlafen, tat ich es aus Mitleid mit ihr, mit den Gedanken immer bei Carina, was sie sicherlich merkte. Ich nahm auf diese Art Abschied von zehn Jahren Ehe und merkte nicht, dass meine Frau hoffte, dieses bisschen kläglicher Sex würde uns wieder zusammenführen. Nie war ich beim Sex so weit weg gewesen von dem Menschen, mit dem ich gerade körperlich verbunden war. Warum erniedrigte sie sich so vor mir? Hoffte sie etwa, dass aus Mitleid und schlechtem Gewissen etwas Neues wachsen konnte?

VI

Dann kam der Spaziergang mit ihrem Mann. Wieder die Diskussion darüber, wie lange sie nach der Entbindung zu Hause zu bleiben gedenke. »Du weißt doch, wie wichtig die ersten drei Jahre für die Entwicklung eines Kindes sind!« Die Aussicht auf drei Jahre Windeln waschen (selbstverständlich würde man nur Mullwindeln an den zarten Babyhintern lassen) und die Beschränkung ihrer Sozialkontakte auf Gespräche mit anderen Müttern in der Krabbelgruppe über Stuhlgang und Sprachfortschritte, hatte Carina plötzlich derart geängstigt, dass sie den ansonsten von ihr in Diskussionen mit ihrem Mann angeschlagenen vernünftigen und verständigen Ton abgelegt hatte. Sie hatte das erste Mal den Mut gefunden, das zu sagen, was für sie eigentlich schon immer klar gewesen war: Dass sie so schnell wie möglich wieder zurück in ihren Job wollte. Am liebsten schon, bevor das Kind seinen ersten Geburtstag feierte. Wozu gab es schließlich Kitas? Seine Reaktion war für sie ebenso überraschend wie ihre Vehemenz für ihn. »Es wäre vielleicht für das Kind besser, wenn es gar nicht zur Welt käme.« Da wusste Carina plötzlich, dass es für sie nur eine Entscheidung gab. Ihr Mann fiel aus allen Wolken. Sie wolle ihn verlassen? Und wo bitteschön wolle sie mit einem Kind allein leben? Und wie stellte sie sich das finanziell vor? Als sie ihm von Manuel und seiner Liebe zu ihr erzählte, war er kreidebleich geworden. Wortlos hatte er sich ins Auto gesetzt und war weggefahren. Erst nach Stunden, es war bereits Nacht, war er wiedergekommen. Verheult und fix und fertig. Er teilte ihr mit, dass er nicht den Mut gehabt hatte, vor einen Baum zu fahren. Da wusste Carina, dass die schwierigen Zeiten erst anfingen.

Am nächsten Tag hatte sie einen ihrer Routinetermine in der Frauenklinik. Ihre Urinwerte waren so schlecht, dass der Arzt sie zur Beobachtung dort behalten wollte. Carina brach in Tränen aus. Tränen der Erleichterung. In der Nacht zuvor hatte sie das erste Mal seit langem zu einem Gott gebetet, von dessen Existenz sie nicht einmal überzeugt war. Sie hatte um Hilfe gefleht, hatte nicht gewusst, wie sie die nächsten Wochen zusammen mit ihrem Mann in der gemeinsamen Wohnung noch überstehen sollte. Zu Manuel konnte sie nicht und eine eigene Wohnung mussten sie erst finden. Und jetzt dieser Ausweg: Klinik. Am liebsten wäre sie dem Arzt um den Hals gefallen.

Sie kam an den Tropf und Manuel besuchte sie, als ihr Mann gerade gegangen war. Beide waren gleichermaßen verstört und beunruhigt. Ihr Mann hatte versprochen, vernünftig zu sein und sie gebeten, nur an sich und das Kind zu denken. Es würde schon alles irgendwie werden.

VII

Ihr Anruf erreichte mich, als ich gerade zum hundertsten Mal mit meiner Frau die Gründe durchging, weshalb unsere Beziehung gescheitert war – unabhängig von einer anderen Frau. Carina teilte mir mit, dass sie es ihrem Mann gesagt habe. Ich war froh – einerseits -, dass das Warten zu Ende war, dass eine Entscheidung gefallen war, dass man jetzt die Dinge, die getan werden mussten, eins nach dem anderen abhaken konnte wie auf einer Checkliste. Andererseits wusste ich nun: es gibt kein Zurück! Jetzt musst du mit aller Konsequenz die Dinge einlösen, die du versprochen hast. Und das, gebe ich zu, machte mir doch ein wenig Angst. Ich zweifelte plötzlich an meiner Kraft. Würde ich diese Herausforderung bewältigen? Am nächsten Tag dann der Anruf aus dem Krankenhaus. Carina ging es nicht gut. Sie hatten sie dort behalten. Ich hatte Schuldgefühle. Wie würde sich das durch mich angerichtete Chaos auf das unschuldige Kind auswirken? Plötzlich hätte ich mich am liebsten irgendwohin verkrochen. Doch gerade jetzt brauchte mich Carina am meisten! Würde mir ihr Mann an die Gurgel gehen, wenn ich ihm im Krankenhaus begegnen würde?

Dass er mich im Geschäft aufsuchen würde, hätte ich nicht vermutet. Doch plötzlich stand er da. Und wollte wissen, was ich mit Carina vorhabe. Was sollte ich da sagen? Heiraten werde ich sie, habe ich gesagt. Da war er wohl doch etwas erstaunt. Nachdem ein paar Tränen geflossen waren, wollte er mir doch allen Ernstes weismachen, dass Carina es mit der Treue nicht so genau nehme. Schon immer habe er bei ihren vielen Reisen, die sie allein unternommen habe, Zweifel an ihrer Treue gehabt. Das fand ich dann doch mehr als geschmacklos und habe ihm das auch gesagt. Denn wenn seine Vermutung nur ein wenig Wahrheit enthielte, wären meine Versuche, mehr als nur ein paar Küsse von ihr zu bekommen, sicher von Erfolg gekrönt gewesen. Nur nahm er sicher auch an, wir hätten schon miteinander geschlafen. Er erniedrigte sich vor mir und ich ließ mich dazu hinreißen, den am Boden Liegenden auch noch zu treten, wofür ich mich heute noch schäme.

VIII

Doch auch die Tage in der Klinik gingen einmal zu Ende. Und Carina musste wieder in die ungeliebte Wohnung. Zu dem ungeliebten Mann, der sich bemühte und ihr vorschlug, die Zeit, die sie noch bei ihm wäre, so gut wie möglich hinter sich zu bringen. Mit allem wäre sie besser zurecht gekommen: mit seiner Wut, seiner Arroganz und Kälte, seiner Ignoranz und Bösartigkeit. Nur nicht mit dieser erzwungenen Normalität. Da, wo nichts normal war. Mit dieser Fürsorge, die sie nie vorher an ihm bemerkt hatte. Nur die Schuldgefühle, die an ihr nagten, ließen sie es ertragen, dass nachts seine Hände ihren Körper begrabschten, seine Männlichkeit ihr Recht forderte, und sie zwang, aus sich heraus zu treten, unbeteiligt von oben auf den sich in ihr bewegenden Mann zu schauen, der nichts begriffen zu haben schien.

Die Wohnung, die sie fanden, war schnell renoviert und der Tag des Umzugs festgelegt. Während sie von ihren Freunden die Kisten und Koffer aus den Zimmern ins Auto tragen ließ, tönte laut Mozarts ›Requiem‹ durch das Haus; ihr Mann stand mit vorwurfsvollem Blick im Flur und spielte den Zuschauer. Als alles verstaut war, forderte er feierlich die Schlüssel und betonte noch einmal, dass sie sich hiermit jegliches Recht verspielt habe, jemals wieder einen Fuß in diese Räume zu setzen. Für Pathos hatte er schon immer etwas übrig gehabt.

IX

Am Morgen des Umzuges verabschiedete ich mich von meiner Frau mit den Worten: »Ich habe das Gefühl, dass ich im Begriff bin, eine große Eselei zu begehen!« Gerade noch konnte ich meine Tränen unterdrücken. Was tat ich da bloß?

Wir saßen mit Carinas Geschwistern am Tisch und aßen, als mir der blaue Toyota draußen auffiel. Ihr Mann hatte sich ein paar

Meter vom Haus weg postiert und beobachtete das, was es zu sehen gab. Als ich es Carina sagte, stand sie auf und ging hinaus. Sie setzte sich zu ihm ins Auto und redete mit ihm. Ziemlich lange. Da wusste ich, dass er nicht so schnell aus unserem Leben verschwinden würde, dass er noch nicht aufgegeben hatte, und ich spürte so etwas wie Eifersucht und auch die Frage, ob ich überhaupt eine Chance hatte, gegen den Vater des Kindes, das sie in sich trug.

Auch sie schien nicht gerade glücklich zu sein. Doch unsere erste gemeinsame Nacht genoss ich trotzdem. Viel zu lange hatte ich mich mit meiner Phantasie begnügen müssen. Nun konnte ich endlich diesen begehrten Körper erkunden, ihn zum Klingen bringen, mich ganz mit ihr vereinigen. Es gab nur eines, das mich dabei störte: Ich fühlte mich beobachtet. Heute weiß ich mit ziemlicher Sicherheit, dass der blaue Toyota auch in dieser Nacht nicht in seiner Garage stand.

X

Der Alltag kam schneller als gedacht. Und er war anders, als es ihr Manuel in seinen Briefen beschrieben hatte. Sie arbeitete mehr als vorher, weil sie ihre Arbeitszeiten den seinen anglich. Abends war er meist so müde, dass oft nicht einmal ein Gespräch zustande kam. Sie gingen nicht miteinander aus, er half ihr ebenso wenig im Haushalt wie ihr Mann geholfen hatte, und wegen seiner Angewohnheit, im Bett noch lange zu lesen und Radio zu hören, hatten sie schon bald getrennte Schlafzimmer. Am schlimmsten aber waren die Wochenenden. Die Flugsaison hatte wieder begonnen und er verbrachte jede freie Minute auf dem Flugplatz, übernachtete sogar manchmal dort. Und seine Frau war ebenfalls dabei, weil sie ihm helfen musste, sein Flugzeug auf- und wieder abzubauen, da Carina wegen ihres Zustandes keine schweren Teile heben konnte. Manchmal nahm er sie sogar zum Bergwandern mit. Auch das wäre ja für die schwangere Carina zu anstrengend geworden. Und was sollte er schon sagen, wenn ihn seine Frau bat, ihn begleiten zu dürfen? Die Eifersucht tobte in Carina. Sie saß mit dicker werdendem Bauch in der halb leeren ungemütlichen Wohnung und heulte vor sich hin. Ihr Mann bemerkte ihre schlechte Stimmung, wenn er sie anrief, um Termine für die Klinik mit ihr abzusprechen, wohin er sie immer zum Ultraschall begleitete. Es gab immer etwas zu regeln. Wie nebenbei fragte er sie dann, ob sie nicht Lust hätte, mit ihm spazieren zu gehen. Oder ein Eis zu essen, auch Minigolf spielten sie miteinander. Er, der kaum jemals mit ihr etwas unternommen hatte, sorgte und bemühte sich nun um sie. Fast wie in ihren ersten Jahren. Er war ein aufmerksamer, aber distanzierter Zuhörer, versuchte nie, sie auf seine Seite zu ziehen. Sein Auto sah sie häufig unweit der Wohnung stehen. Und in einer Gewitternacht, als Manuel gerade sein Gesicht zwischen ihren Schenkeln vergraben hatte, sah sie im Licht eines Blitzes vor der Terrassentür eine Gestalt kauern. Es gab keinen Zweifel, um wen es sich bei dem flüchtenden Mann handelte. Sie bekamen beide Angst. Was, wenn er das nächste Mal mit einem Messer in der Wohnung lauern würde? Einerseits traute ihm das Carina nicht zu, andererseits las man aber immer wieder in der Zeitung von solchen Fällen, und gemeinsam war ihnen allen, dass niemand dem Betreffenden vorher eine solche Wahnsinnstat zugetraut hätte. Schließlich hatte auch niemand, der Manuel kannte, geglaubt, dass er sie derart verfolgte, ja, sogar mit dem Teleobjektiv durch die Thuja-Hecken in ihren Garten fotografierte, als sie ihr Einweihungsfest gegeben hatten. Eine Nachbarin hatte sie darauf aufmerksam gemacht. Seine Begründung war gewesen, sie habe so schön ausgesehen mit ihrem Kleid, er habe nur ein Foto machen wollen.

XI

Diese Angst. Wozu würde ein verletzter, gedemütigter Mensch fähig sein? Ich begann unter Paranoia zu leiden. Ich fühlte mich nur noch wohl in der Wohnung meiner Frau. Die hatte längst bemerkt, dass mit Carina nicht alles so lief wie erhofft. Was hatte ich mir denn erhofft? War der Kick nur so lange da, wie das Ersehnte unerreichbar war? Nur in meinem Nimbus, wenn ich lautlos unter den Wolken dahinglitt, mich immer höher schraubend wie die Vögel um mich, fühlte ich mich glücklich. Der Rest meines Lebens hatte längst mehr Ähnlichkeit mit einer Berg- und Talfahrt. Da waren diese anonymen Anrufe. Bei meiner Mutter, meiner Frau, sogar im Geschäft. Wohlmeinende Anrufer schienen über Details meiner Beziehung zu Carina bestens informiert zu sein und gaben gute Ratschläge oder Warnungen ab. Mein Vertrauen in Carina bekam Risse. Wem erzählte sie was? Wie viel wusste ihr Mann über uns? Vor allem konnte ich ihren todtraurigen Blick nicht mehr ertragen; sie war der fleischgewordene Vorwurf. Natürlich liebte ich sie noch, doch mir war mittlerweile klar geworden, dass Gefühle und Begehren nicht reichten, um den Wust an Altlasten, den jeder von uns mitbekommen hatte, so in unser Leben zu integrieren, dass wir trotzdem unbelastet von all dem unser eigenes Ding machen konnten. Und die Größe der Verantwortung war mir ebenso nicht bewusst gewesen. Verantwortung, nicht nur für Carina, sondern auch für ein Lebewesen, das nun die Folgen von dem würde tragen müssen, was ich mit meiner unüberlegten Aktion ausgelöst hatte. Den versprochenen Urlaub ließ ich platzen und schob geschäftliche Gründe vor. Sie durchschaute mich natürlich. Es war nicht so, dass ich sie über hatte. Aber die Randbedingungen waren dem Aufbau einer Beziehung nicht gerade förderlich. Zu viele Fragen, zu viel Misstrauen, zu viel Zweifel. Wie sollte ich aus dieser Zwickmühle ohne Gesichtsverlust wieder herauskommen?

XII

Carina merkte, dass alles völlig falsch lief. Wo waren die übergroßen Gefühle geblieben, von denen seine Briefe durchdrungen gewesen waren? Ihr kam es vor, als handele es sich bei dem Briefeschreiber um eine ganz andere Person als die, die ihr antriebslos und faul gegenübersaß. Hatte ihr Mann mit seiner gelebten Einstellung ›nicht an Worten, an Taten sollt ihr sie erkennen‹ doch Recht gehabt? Er, aus dessen Mund sie nie jene drei Worte vernommen hatte?
Erschwerend kam hinzu, dass sich Manuel in keiner Weise für das Leben interessierte, das in ihr wuchs. Er ignorierte ihren Bauch vollständig. Wie anders hatte sich Carina ihre Schwangerschaft vorgestellt! Wie sehnte sie sich nach jemand, der mit ihr zusammen das Kind in dieses Leben hinein begleiten würde! Eine zärtlich streichelnde Hand auf dem geschwollenen Bauch, jemand, der sich mit ihr über die Bewegungen des Kindes freuen würde! Doch sie fühlte sich jetzt schon wie eine alleinerziehende Mutter. Ihr Mann begleitete sie zwar von Anfang an zu den Untersuchungen in die Klinik – das hatte sie ihm nicht verwehren wollen, schließlich war es immer noch sein Kind – doch es war eben nicht Manuels Hand, die auf ihrer Bauchdecke lag, die dort lag wie ein Fremdkörper, und die manchmal, wenn der Vorhang vor der Liege zugezogen war, auch etwas weiter nach unten schlüpfte, unter den Bund ihres Slips. Doch nicht einmal das glaubte sie, sich verbitten zu dürfen, sie fühlte sich ihm gegenüber so schuldig, dass sie noch weitaus mehr zugelassen hätte, sie war bereit, Abbitte zu leisten, sie war nicht glücklich in seiner Nähe, aber das, was sie zu ihrem Glück brauchte, schien sie nicht zu bekommen.

Aus diesem Wissen heraus bat sie ihn um ein Gespräch. Sie saßen in seinem Auto, das in einer Parkbucht an der Straße stand. Sie wollte von ihm wissen, unter welchen Voraussetzungen er sich einen Neuanfang mit ihr vorstellen könnte. Er reagierte wie erwartet. Mit Vorwürfen und noch einmal Vorwürfen. Ihr wurde klar, dass ein neuerliches Zusammenleben mit diesem Mann nur unter der Bedingung möglich wäre, dass sie ihre Selbstachtung vorher begrub. Dieser Preis war ihr zu hoch. Dann lieber allein. Sie sah Manuels Auto vorbeifahren. Auch das noch! Wie würde er reagieren, wenn sie ihm von dem Gespräch erzählte?

»Du musst ganz schön verzweifelt sein, wenn du ihm eine solche Frage stellst«, meinte er nur lapidar. Keine Vorwürfe, kein Groll. Carina war erleichtert und sie führten ein gutes Gespräch. Über ihre enttäuschten Erwartungen und Hoffnungen, über die Schwierigkeit, die ehemaligen Partner aus ihrem neuen Leben auszuschließen. Anschließend teilte ihr Manuel mit, dass er in zwei Wochen mit ein paar Kumpels für zehn Tage wegfliegen würde.

Carina hatte ein unbestimmtes Gefühl. Sie rief auf der Arbeitsstelle seiner Frau an und verlangte sie zu sprechen. Es überraschte sie nicht, als sie erfuhr, dass diese Urlaub habe. Die Tage, in denen sie Manuel nicht erreichen konnte und darauf angewiesen war zu warten, bis er sich meldete, waren qualvoll. Er rief erst an, als er schon im Auto auf der Rückfahrt war. Und erzählte ihr, dass er gleich nach dem Start mit dem Flieger einen Unfall gehabt habe, weshalb er kurzentschlossen zum Wandern gefahren war. Carina brauchte nicht zu fragen, ob seine Frau ihn dabei begleitet hatte. Sie wusste es. Als er am Abend in die Wohnung kam, wartete sie ab. Sie wollte nicht diejenige sein, die es ihm abnahm, ihr diese Wahrheit mitzuteilen. Und als sie nebeneinander im Bett lagen, nachdem er sie wie ein Verdurstender geliebt hatte, rückte er mit der Sprache heraus. Dass er nicht allein beim Wandern gewesen war. Dass er sich entschieden hatte, Carina zu verlassen.

XIII

Nie ist mir etwas so schwer gefallen. Ich wusste, es würde wie ein Todesstoß sein, den ich ihr versetzen würde. Ich hatte schmählich versagt! Nie habe ich mich so schlecht gefühlt. Doch sollte ich eine für uns beide unerträgliche Situation weiter bestehen lassen? Carina glaubte natürlich, meine Frau hätte einen größeren Anteil an meiner Entscheidung, als das tatsächlich der Fall war. Immer war Carina eifersüchtig gewesen, doch nie hatte sie sich so weit erniedrigt, mich direkt zu fragen, ob – und das interessierte sie am meisten – ich noch mit ihr schlafe. Ich habe ihr nur gesagt, dass ich nicht auf unausgesprochene Fragen antworte und gehofft, dass sie tatsächlich nie fragt. So hat sie sich noch eine kleine Hoffnung erhalten können. Wie schäbig von mir!

Auf meine Ankündigung, zu meiner Frau zurück zu gehen, jedenfalls vorläufig, bis ich etwas Eigenes gefunden hätte, reagierte sie erstaunlich gelassen. Sie fragte nur, wann ich vorhätte, auszuziehen. Da konnte ich mich großzügig zeigen und mit Rücksicht auf ihren Zustand anbieten, bis zur Geburt damit zu warten. Damit sie nicht allein sei, wenn sie Hilfe brauche. Wie edelmütig von mir! Aber irgendwie musste ich mein schlechtes Gewissen ja beruhigen. Ich hatte sie schließlich in diese unmögliche Situation gebracht. Hätte ich damals nur meine Klappe gehalten!

Warum ich sie plötzlich wieder so begehrte, verstand ich selbst nicht. Ich wollte sie, und ich wollte sie in den darauf folgenden Wochen immer wieder, jeden Tag, manchmal mehrmals. Ich war unheimlich scharf auf sie. Manchmal kam ich mir richtig schizo-

phren vor. Warum wollte ich diese Frau eigentlich verlassen? Weil ich Angst hatte, was nach der Geburt werden würde? Wenn da ein kleines schreiendes Balg wäre, das sie zum Muttertier machen würde? Mit Still-BH und tropfenden Brüsten? Vielleicht begehrte ich sie auch deshalb so sehr, weil der Endpunkt unserer Beziehung gesetzt war: die Geburt. Bis dahin wollte ich sie wohl so oft wie möglich und so intensiv wie möglich spüren. Und der Sex mit ihr war einfach grandios. Hätte ich gewusst, dass Schwangere eine solch große Lust empfinden, den Sex so genießen können, vielleicht hätte ich mich nicht so sehr gegen eigene Kinder gesträubt.

XIV

Die letzten Wochen vor der Geburt waren geprägt von Harmonie und Fürsorge. Es gab nicht mehr so häufig Streit, man wusste, was man voneinander zu erwarten hatte. Ihrem Mann hatte Carina nichts von Manuels Entschluss gesagt; diese Blöße wollte sie sich nicht geben, ihm diese Genugtuung vorerst nicht gestatten. Sie selbst hatte sich vorgenommen, mit dem Kind all die enttäuschten Hoffnungen, all die schönen und schrecklichen Erinnerungen, all das Belastende der letzten neun Monate aus sich heraus zu pressen. Ihr Schrei würde nicht nur den körperlichen Schmerz der Geburt meinen, sondern all das Leid, das sich in ihr angestaut hatte und nach außen drängte. Geburt als Katharsis.

Als der Junge, leicht bläulich, auf ihrem Bauch lag und sie ansah, vermeinte Carina in seinen Augen all das uralte Menschenwissen, die Weisheit vieler Generationen zu erblicken. Nie würde sie diesen Moment vergessen, als sie sich auf dem Grund der Augen ihres Kindes verlor. Und wiederfand. Denn ihr war mit einem Mal klar, dass es völlig egal war, ob nun Manuel oder ein anderer Mann eine mehr oder weniger wichtige Rolle in ihrem Leben spielte. Es würde immer nur einen geben, der für sie wirklich wichtig war. Und für diesen einen musste sie da sein. Ganz. Dafür würde sie alle Kraft brauchen.

Das letzte Frühstück

Warum hast du gerade so tief eingeatmet?

Du brauchst nicht mit den Augen zu rollen. Ich habe es ganz deutlich gehört. Was stört dich? Habe ich zu laut gelacht? Etwas Dummes gesagt? Ist der Kaffee nicht stark genug? Du kannst ehrlich zu mir sein, das Wichtigste überhaupt an einer Beziehung ist Ehrlichkeit. Und Vertrauen.

Warum hältst du dir die Zeitung vors Gesicht? Damit ich dein Mienenspiel nicht sehen kann? Wie du die Augenbrauen hochziehst oder wie sich dieses verräterische schiefe Grinsen in deine Mundwinkel schneidet? Wie jede Linie in deinem Gesicht gestochen scharf den einen Satz formuliert: Lass sie reden!

Oder willst du mein Gesicht nicht mehr sehen? Das kann ich gut verstehen! Diese Schlaffalten am frühen Morgen, diese von Tabletten aufgedunsene Haut unter den Augen, die senkrechten Falten zwischen den Brauen. Ich weiß, wie ich aussehe. Ich kann dich verstehen. Männer altern nun mal anders als Frauen. Mehr in Würde. Nicht wie eine Zumutung für das ästhetische Empfinden des Anderen.

Jetzt hast du schon wieder die Luft so tief eingezogen. Rede ich dir wieder mal zu viel? Reden ist wichtig! Besser, als alles unter den Teppich zu kehren. So wie es auch meine Eltern gemacht haben. Mein Vater hat auch oft so geschnauft – erst dachte ich immer, es seien seine Polypen. Aber als ich dann älter war, habe ich die stummen Signale gesehen, die sie ausgetauscht haben, wenn wir Kinder dabei waren. Die tödlichen Blicke, die verkniffenen Münder.

›Kannst du mir bitte mal die Butter reichen?‹ – Bändigung eines Vulkans. Der Ausbruch erfolgte erst, wenn wir im Bett lagen. So laut, als seien die Wände aus drei Meter dickem Beton.

Dass es um Scheidung ging, habe ich schnell mitbekommen. Sie hing immer über uns wie ein Damoklesschwert. Sicher waren wir Kinder nicht unschuldig daran. Mama hat oft tagelang nicht mit uns gesprochen, wenn wir was angestellt hatten. Weißt du, wie weh das tut? Deshalb will ich ja, dass du mit mir redest, mir sagst, was ich falsch gemacht habe. Ich kann versuchen, mich zu ändern. Du musst nur sagen, wie du mich haben willst.

Warum siehst du mich so an? Sag doch was! Irgendetwas. Ich halte dieses Schweigen nicht mehr aus! Was willst du mit dem Brotmesser? Winfried! Winfrie …

Wer schön sein will ...

Ich habe mir die Vagina designen lassen. Ein Geschenk zu meinem Vierzigsten. Die Hälfte davon hat Bodo gezahlt, mein Mann.

Er hatte auch die Idee, kam mit einem Artikel aus irgendeiner Zeitschrift. Ich wollte es erst gar nicht glauben. Da ich keine Kinder habe, brauchte ich die Vaginalverkleinerung nicht. Bei mir hat man nur die ›Laser Perineoplasty‹ gemacht, eine Verjüngung der großen Schamlippen. Die kleinen hat man bis zur Umschlagsfalte mit Hochfrequenzstrom entfernt und spannungsfrei vernäht, so dass jetzt eine längsovale, wulstartige Umrandung die Öffnung begrenzt. Wozu braucht man heute noch die kleinen Schamlippen? Früher, zu Urzeiten, haben sie als Schutz gegen eindringende Fremdkörper gedient, heute sind sie nur ein lästiges und unschönes Überhängsel, dem man das Alter einer Frau ebenso ansieht wie dem Hals oder dem Handrücken. Hat Bodo gesagt. Und er hat Recht. Außerdem habe ich die ›Standard Laser Rejuvenation‹ machen lassen, bei der die Vaginalöffnung geglättet und die erschlafften Muskeln gestärkt werden. Die Kollagen-Unterspritzung des G-Punktes hätte ich gern mal ausprobiert, soll wahre Wunder wirken, aber Bodo meinte, das müsse nicht sein.

Wir haben es bei Dr. Schädlich machen lassen, wie auch vor fünf Jahren meine Brüste. Damals war ich sehr zufrieden. Diesmal gab es einige Komplikationen. Schon nach der Narkose waren die Schmerzen sehr stark und ich brauchte zusätzliche Schmerzmittel. Es gab dann eine Entzündung oder Infektion oder was weiß ich. Jedenfalls war alles total geschwollen, und ein Bluterguss hat sich auch noch gebildet. An einer schwer zugänglichen Stelle. Den hat Dr. Schädlich dann ohne Betäubung ausdrücken müssen. Ich dachte, ich schrei ihm die Praxis zusammen. Wochenlang habe ich nicht richtig sitzen können, dreimal täglich Kamillenbäder. Ich war so was von am Ende.

Bodo hat gesagt, ich soll mich nicht so haben und an die Millionen Mädchen denken, die jährlich Beschneidungen unter undenkbaren hygienischen Bedingungen ertragen müssen. Mit einer Glasscherbe oder einem stumpfen Messer und ohne Narkose. Irgendwo hat er schon Recht. Aber wenn ich gewusst hätte, dass es hinterher so lange weh tut – jeder Gang aufs Klo war eine Tortur. Andererseits, man muss heutzutage als Frau schon etwas tun, wenn man ansehnlich bleiben will. Da reicht Walking oder Fitness-Studio nicht aus. Und wie schon meine Großmutter immer sagte: *Wer schön sein will, muss leiden!*

Die Konkurrenz auf dem Markt ist einfach zu groß. Die Versuchungen für den Mann. Immerhin habe ich es geschafft, dass Bodo jetzt nicht mehr so oft abends im Büro zu tun hat. Er schläft wieder öfter mit mir. Allerdings empfinde ich nun noch weniger als vorher. Aber Hauptsache, ich gefalle ihm und er hat seinen Spaß. Das Sexuelle wird heutzutage sowieso überbewertet. Mir ist es lieber, er zahlt ohne zu Murren meine Rechnungen. Was ist dagegen schon ein Orgasmus?

Requiem

I

Das Letzte, an das sie sich erinnerte, war der Champagner, den sie mit ihm getrunken hatte, nachdem alle ihre Kartons im Auto verstaut waren.

Champagner. Wie unpassend, hatte sie noch gedacht. Sollte das ein missglückter Versuch von Selbstironie sein, genauso wie das *Requiem* von Mozart, das laut durch die Wohnung schallte, während sie Bücher, Kerzenständer und Kristall in die Bananenkartons packte? *Dies Irae, Dies Illa*. Beim Requiem hatten sie sich das erste Mal getroffen. Sie sang im Chor, er saß im Publikum. Nach der Vorstellung hatte er am Künstlereingang gewartet. Ob er sie auf ein Glas Wein oder Sekt einladen dürfe.

Und nun Champagner. Obwohl sie ihn nicht besonders mochte. Was er wusste. Bei ihrer Bretagne-Rundreise im letzten Sommer mit *Studiosus* hatten sie auch die Kellerei von *Moët & Chandon* besichtigt. Aber der Champagner, den sie dort verkosteten, war für ihren Geschmack viel zu trocken gewesen.

Doch diesen letzten Wunsch mochte sie ihm nicht abschlagen. Das von ihr gespannte Auffangnetz ›wir bleiben Freunde‹ schien seinen Zweck erfüllt zu haben.

Als sie wieder zu sich kam, war es dunkel. Und langsam dämmerte ihr, dass sie ihn unterschätzt hatte.

II

Was war sie doch für ein Naivling, seine geliebte Frau! In Allen sah sie noch bis zum Schluss nur das Beste. Selbst dem Mörder, der die Schlinge um ihren Hals zuzöge, würde sie noch mit ihren klaren grünschiefrigen Augen Mitleid erheischend ins Gesicht blicken. Aber er war kein Mörder. Er verabscheute Gewalt. Dass sie jetzt da unten lag, hatte sie einzig und allein sich selbst zuzuschreiben! Sicher würde sie nach einer gewissen Zeit wieder Vernunft annehmen. Solange würde sie niemand vermissen. Er hatte alles bis ins Letzte durchdacht und organisiert: Ihr Auto stand abgelegen in einer wenig benutzten Tiefgarage, Freunde und Verwandte hatte er darüber informiert, dass sie eine Auszeit genommen hatte und verreist war, um sich über einige Dinge klar zu werden. Selbst ihren Chef hatte er in einem vertraulichen Gespräch überzeugen können, dass sie sich nur geschämt hatte, ihn wegen ihres kleinen Nervenzusammenbruchs um Urlaub zu bitten. Sie war offiziell von der Bildfläche verschwunden, niemand würde vor Ablauf von drei Wochen Fragen stellen. Und dann würde man weitersehen. Falls sie bis dahin nicht zur Vernunft gekommen war.

In wochenlanger Arbeit hatte er, wenn sie im Büro war, die Kellerräume umgebaut und hergerichtet. Das Haus seiner Mutter war groß und sie hatten so viele Räume, dass sie nie alle im Keller benutzt hatten. Er wollte, dass sie es gemütlich hatte. Natürlich musste er die Fensteröffnungen zumauern; die Nachbarn wohnten zwar ein Stück entfernt, aber man konnte nie wissen. Doch das Licht, das er hatte installieren lassen, war ausreichend und fast wie Tageslicht. Gegen den Schall hatte er außerdem die Wände mit Akustikplatten verkleiden lassen. Eine transportable Dusche war ebenso vorhanden wie eine Chemietoilette. Es sollte ihr an nichts fehlen.

Obwohl sie seine Großzügigkeit eigentlich nicht verdient hatte.

III

Schien draußen die Sonne? War sie schon von jemand vermisst worden? Er hatte ihr Bücher gebracht und auch ein leeres Heft, in das sie nun schrieb, um nicht verrückt zu werden. Schon lange kam sie sich vor wie in einem Film. Sie hatte solche Filme gemocht. Psychothriller. Nie wieder würde sie etwas Ähnliches anschauen können. Falls, ja falls sie überhaupt jemals hier heraus käme aus diesem dunklen Loch. Was er damit bezwecke, diese Frage hatte sie ihm gleich in ihrem ersten Gespräch gestellt. »Ich will nur, dass du in Ruhe und ungestört deine Entscheidung überdenken kannst«, hatte er ihr mit einem freundlich unverbindlichen Gesicht geantwortet. Wie die Pfleger in der Psychiatrie vermutlich mit Geisteskranken sprachen, die wissen wollten, ob die Marsmännchen schon gekommen seien oder Adolf Hitler sich schon gemeldet habe oder was für einen Schwachsinn auch immer. Aber genau das war es: er behandelte sie wie eine Kranke. Und er hatte es sich zur Aufgabe gemacht, sie zu heilen.

Wie hatte sie nur so blind sein können! Seine Reaktion auf ihre Mitteilung, dass sie ihn verlassen werde, hätte ihr Warnung genug sein müssen! Kein Toben, kein Heulen, kein Ausrasten. Stattdessen Verständnis und der Vorschlag:

»Lass uns die letzten Tage, die wir noch zusammen unter einem Dach wohnen, für uns so angenehm wie möglich gestalten.« Womit er in erster Linie gemeint hatte: angenehm für ihn. Und dazu gehörte auch, jeden Abend von ihrem Körper Besitz zu ergreifen. Und sie hatte es über sich ergehen lassen. Aus schlechtem Gewissen. Weil er ihr leid tat. Ansonsten war er nett gewesen und hatte sich alle Mühe gegeben, ihr zu zeigen, welch unverzeihlichen Fehler sie im Begriff war zu begehen. Und sie? Ein kleines Unwohlsein ganz tief unten in ihren Bauchregionen hätte es vielleicht verdient gehabt, von ihr wahrgenommen statt verdrängt zu werden. Doch sie wollte viel zu sehr, dass dieses, sein Verhalten, tatsächlich der Vernunft und nicht einem kranken Geist entsprang, als dass sie es kritisch hinterfragt hätte. Und nun war sie hier eingesperrt und wusste nicht, was dieser Verrückte, der einmal ihr Mann gewesen war, mit ihr vorhatte.

IV

Über den MP3-Player hat sie sich gefreut. Ich habe alle ihre Lieblingslieder drauf geladen. Auch die Songs, die für mich immer mit unserer Liebe verbunden sein werden. Der wunderbare Song von Grönemeyer für seine verstorbene Frau; jedes Mal hat sie geweint, wenn er im Radio gekommen war. Ich habe nicht so nah am Wasser gebaut, aber wenn sie tot sein wird, weiß ich nicht, ob dann nicht auch bei mir die Dämme brechen werden.

Ein CD-Player oder Radio kam nicht in Frage. Das hätte sie laut stellen können, während ich weg bin. Ich muss einkaufen, Dinge erledigen, ich kann nicht immer im Haus sein.

Jeden Tag koche ich ihre Lieblingsspeisen. Das hat sie immer genossen, dass ich besser kochen konnte als sie. Es hat mir Spaß gemacht, sie zu verwöhnen. Wenn sie von der Arbeit nach Hause kam, und das Essen war noch nicht fertig, habe ich gesagt: »Leg dich hin, ich mach dir einen Drink, ruh dich aus, wir können gleich essen.« Welche Frau kann das schon von ihrem Mann sagen? Sie hat es immer gut gehabt bei mir. Warum sieht sie das nicht ein? Ihre Gründe sind für mich nicht nachvollziehbar. Wie ein Schnupfen im Sommer. Lästig, aber schnell vorüber.

Vielleicht hatte sie Ärger im Geschäft, ist erschöpft und ausgebrannt und nun schiebt sie es auf irgendwelche Dinge, die ihrer Meinung nach bei uns nicht perfekt laufen. Aber wo läuft es schon perfekt?

Wir haben es doch gesehen, bei ihren so genannten Freundinnen, am Anfang, als wir uns noch mit ihnen und ihren Partnern getroffen haben. Hinterher haben wir deren Verhalten analysiert und sind irgendwann zu dem Schluss gekommen, dass wir uns von denen keinen Sand ins Getriebe streuen lassen. Ohne diese ständigen Treffen hatten wir auch viel mehr Zeit für uns. Was ist schon ein Abend in einer verräucherten Kneipe gegen einen gemütlichen Abend zu Hause vorm Fernseher? Ein gutes Glas Wein (auch das habe ich ihr beibringen müssen, was einen guten Wein von einem billigen Zuckerwasser unterscheidet) und was zum Knabbern und ein anspruchsvoller Film, über den man hinterher diskutieren kann. Was sollen wir da das Geld den gierigen Wirten mit ihren überteuerten Getränkepreisen in den Rachen werfen! Da kaufe ich lieber ab und zu, auch ohne besonderen Anlass, einen Strauß Blumen für meine Frau.

Wenn sie genug Zeit zum Nachdenken hat, werden ihr all diese schönen Momente schon wieder einfallen.

V

Er war anders gewesen als die Anderen vor ihm. Das hatte sie bewogen, trotz ihres Vorhabens, für eine Weile allein zu bleiben, allmählich Vertrauen zu ihm zu fassen. Seine Geduld, sein Verständnis und die Fähigkeit zuzuhören, waren etwas gewesen, was sie von den anderen Männern in ihrem Leben nicht gekannt hatte. Vielleicht war sie ja endlich einmal an den Richtigen geraten? Was machte es da schon, dass sie im sexuellen Bereich nicht ihre Erfüllung fand? Auch, wenn er sich alle Mühe gab, ihre Bedürfnisse zu erkennen und zu befriedigen. Was hatte es ihr genutzt, dass die Machos zu wissen schienen, wie sie angefasst werden wollte, ohne dass sie Erklärungen abgeben musste? Irgendwann waren sie ihrer überdrüssig geworden und gegangen. Und jedes Mal war sie ein Stück kleiner geworden. Nein, notfalls wollte sie auf die paar Sekunden Kontrollverlust verzichten und sich dafür ihres Partners sicher sein.

Dass er nicht scharf darauf zu sein schien, mit ihr ein Kind zu zeugen, war ihr ganz recht gewesen. Gesprochen hatten sie darüber nie. Es war eine ebenso stille Übereinkunft gewesen wie die Tatsache, dass sie seine Mutter nicht kennenlernen würde. Anfangs hatte sie ihn noch gedrängt, sich zurückgesetzt gefühlt, aber mit der Zeit hatte sie seine Gründe einfach akzeptiert. Sie hatten nichts mit ihr zu tun. Seine Mutter war krank und hing sehr an ihm; er wollte ihr keine Aufregung zumuten. Als sie heirateten, war sie schon tot gewesen. Nur auf ihre Beerdigung durfte sie ihn begleiten. Er war oft bei ihr gewesen, hatte sie hingebungsvoll gepflegt, und ihr Bild stand noch heute auf seinem Nachttisch. Von ihr hatte er auch alles gelernt, was er im Haushalt tat. Sogar seine Hemden bügelte er selbst. Auch das war etwas gewesen, was sie bei einem Mann zum ersten Mal erlebt hatte. Mit den anderen hatte es wegen der ungerechten Aufteilung der Hausarbeit immer Streit gegeben. Gestritten hatte sie sich mit ihrem Mann äußerst selten. Wenn sie in einer Sache anderer Meinung war als er, was vorkam, so überzeugte er sie am Ende stets von seiner Sichtweise. Er hatte einfach immer die besseren Argumente. Und die wiederholte er so oft, eindringlich und geduldig, bis sie aufgab. Seine Meinung übernahm. Sich geschlagen gab. Zum Schluss hatte sie sich beim Blick in den Spiegel gefragt, wer sie eigentlich sei. Sie war sich selbst abhanden gekommen.

VI

Vielleicht sollte ich ihr vorschlagen, ein Kind mit ihr zu zeugen. Es war sicher nicht gut, dass ich mich dem so entzogen habe. Sie kommt jetzt in die Jahre, wo die biologische Uhr abläuft. Vielleicht hat überhaupt das die Krise ausgelöst. Die Hormone. Warum bin ich nicht vorher darauf gekommen!

Es war egoistisch von mir, ihr das zu verweigern, das sehe ich jetzt ein. Ich bin in der Lage, Fehler zuzugeben. Natürlich wird sie dann weniger Zeit haben, sich um mich zu kümmern, natürlich wird das Kind sie mehr brauchen als ich. Aber das Kind wird das Glück haben, eine Mutter *und* einen Vater zu haben. Nicht so wie ich. Als meiner ging, war ich noch nicht mal in der Schule. Meine Mutter hat alles getan, um mir den Vater zu ersetzen. Und ich alles, um ihr den Mann. Als ich *sie* dann kennengelernt hatte und mir sicher war, dass sie die Frau ist, auf die ich gewartet habe, begann eine schwierige Zeit mit meiner Mutter. Sie hat gespürt, dass ich sie verlassen werde. Hat versucht, mir meine Frau auszureden, schlecht zu machen. Hat es mit Drohungen und Tränen und zum Schluss mit ihrer Krankheit versucht. Dass sie letztendlich mit ihrer Vorhersage Recht hatte, schmerzt mich. Auch deshalb muss ich sie halten.

Dass kein anderer Mann der Grund ist, dass sie sich von mir trennen will, glaube ich ihr sogar. Ich hätte es gemerkt. Außerdem habe ich meine Methoden, um mir sicher sein zu können.

VII

Ich werde ihn überlisten. Werde ihm sagen, dass ich bei ihm bleibe und dann, einige Zeit später, wenn er sich in Sicherheit wiegt, werde ich heimlich abhauen. An einen Ort, an dem er mich nicht findet. Noch einmal ganz von vorn anfangen. Das Problem ist nur, ich kann nicht lügen. Damals, vor zwei Jahren, als ich Gunter kennen gelernt hatte und er mir den Hof gemacht hat, merkte er es schon kurz darauf an meinem Verhalten und hat mich zur Rede gestellt. Ich konnte nicht lügen. Er hat sofort alles gewusst. Und er hat mich bestraft. Obwohl noch gar nichts passiert war. Selbst meine Gedanken während unseres samstäglichen Austausches von Körperflüssigkeiten schien er erraten zu können. Sie drehten sich nicht um ihn. Vielleicht bemerkte er eine Veränderung in meinem Verhalten. Vielleicht habe ich auf seine immer gleichen lauwarmen Berührungen – Knopf A gedrückt, jetzt kommt Knopf B dran – eine Winzigkeit anders reagiert. Er war gekränkt und hat tagelang kein Wort mit mir gesprochen. Nur vorwurfsvolle Blicke. Und endlose Diskussionen über meinen Vertrauensbruch, und wie er jetzt damit weiterleben soll. Und jeden Abend stand er vor dem Büro, um mich abzuholen. Damals hätte ich Nägel mit Köpfen machen sollen!

Welch ein Gedanke: sich vor ihm verstecken! So groß kann keine Welt sein, dass er mich nicht doch irgendwo und irgendwann aufspürt. Und was wäre das für ein Leben: ständig in der Angst, gefunden zu werden. Und dann?

VIII

Sie weigert sich zu essen und zu trinken. Sie will mich kleinkriegen. Das ist nicht fair. Aber wenn sie einen Kampf will, kämpfe ich. Und wie immer werde ich ihn gewinnen. So wie damals, als dieser Muskeltyp versucht hat sie anzubaggern. Eine meiner leichteren Übungen. Und auch meine Mutter hat ihren Kampf gegen mich verloren. Wahrscheinlich hat sie nicht einmal Zeit gehabt, Überraschung zu empfinden, als das Kissen in ihrem Gesicht ihr die Luft abgedrückt hat. Es sollte sich wirklich niemand gegen mich stellen. Und schon gar nicht die Menschen, die ich am meisten liebe.

Augen

»Mist!«, fluchte Carla laut und legte die Bohrmaschine unsanft auf dem Parkettboden ab. Wieder ein abgebrochener Bohrer! Manchmal war ein Mann im Haus eben nicht zu verachten! Das konnte doch nicht so schwer sein, ein Loch in die verdammte Wand zu bohren! Sie hatte sich extra im Baumarkt eine von diesen schweren Schlagbohrmaschinen ausgeliehen; einen Satz Bohrer hatte sie noch in der alten Werkzeugkiste gefunden, die ihr Ex beim Auszug vergessen hatte. Carla beschloss, alles stehen und liegen zu lassen und laufen zu gehen. Das hatte ihr noch immer geholfen.

Wenige Minuten später war sie bereits am Waldrand. Die Nähe zur Natur war ein wichtiger Grund für Carla gewesen, sich für die Wohnung in dem kleinen Vorort zu entscheiden. Mit dem Auto brauchte sie nur zwanzig Minuten in die Klinik. Die Bewegung im Wald würde ihr helfen, die eingefallenen Gesichter der Kinder zu vergessen, die in so seltsamem Gegensatz standen zu den bunt bemalten Wänden ihrer Zimmer, den Regenbögen und Wattewolken.

Carla hatte ihren Rhythmus gefunden und trabte mit großen Schritten auf dem weichen Waldboden dahin. Ihr Atem floss gleichmäßig, und mit jedem Einsaugen der würzigen Luft verblasste das, was hinter ihrer Stirn gelauert hatte, immer mehr. Die großen Augen von Alexander, die sie über dem Mundschutz fragend und bittend ansahen, die Augen ihres Ex-Mannes, die sie überall verfolgt hatten und wegen denen sie sich eine neue Existenz aufbauen musste.

Carla kam nun an dem verfallenen Gehöft vorbei, das sie schon bei ihrem ersten Lauf gesehen hatte: Dunkles verwittertes Holz, von einer Veranda umzogen, ein windschiefer Schuppen angelehnt. Als stützten sich Haus und Schuppen gegenseitig. Jetzt parkte ein rostbeulenübersäter Lieferwagen davor, mit der Rückseite zum geöffneten Schuppentor. Zu sehen war niemand.

Nach etwa drei Kilometern kam sie an die Metallstange, die in die Erde gerammt war und die sie benutzte, um ihre Schenkelrückseite zu dehnen. Als Carla den linken Fuß auf der hüfthohen Stange liegen hatte und sich nach vorn zu den Zehen beugte, knackte es hinter ihr. Beim schnellen Umdrehen blieb sie mit der Ferse an der Stange hängen und wäre fast gefallen, hätte sie nicht der Mann, der rasch hinzugesprungen war, aufgefangen.

»Immer schön langsam!«, sagte er mit angenehm tiefer Stimme. Der Unbekannte zog seine Hände unter ihren Armen hervor und trat einen Schritt zurück. »Ich wollte Sie nicht erschrecken!«.

»Das ist Ihnen aber gründlich misslungen!«, fauchte Carla ihn an. Statt beschämt den Rückzug anzutreten, streckte ihr der Fremde die Hand hin. »Ich bin Gregor Weiß, ich wohne in der maroden Bude da hinten.«

Seit dem Stalking ihres Mannes hatte Carla lernen müssen, sich über Konventionen hinwegzusetzen. Deshalb drehte sie sich wortlos um und lief los. Das, was er ihr hinterherrief, verursachte ein wohlbekanntes Kribbeln zwischen ihren Schulterblättern. »Passen Sie gut auf sich auf, in diesem Wald sind schon schlimme Dinge geschehen!«

Als Carla eine halbe Stunde später die Haustür öffnete, war ihr netter Vermieter gerade dabei, den Briefkästen einen neuen Anstrich zu verpassen. Carla sah in ihm den rettenden Engel und die Lösung ihres Bohrmaschinenproblems.

Bereitwillig folgte ihr Emil Herzog, der selbst im Dachgeschoss wohnte, in das Chaos ihrer Behausung.

Nachdem er sich die ruinierten Bohrer angesehen hatte, kannte er den Grund ihrer Schwierigkeiten. »Sie haben die falschen Bohrer. Das hier sind Stahlbetonwände, da sind die normalen Bohrer nicht hart genug. Aber ich habe Widia-Bohrer oben, wenn Sie wollen, bohre ich Ihnen schnell die paar Löcher.«

Obwohl es Carla unangenehm war, sich nicht gleich duschen zu können, nahm sie das Angebot gern an. Es dauerte nicht lange und die Bilder hingen. Von ihr selbst gemalte Landschaften, die Emil Herzog gebührend bewunderte.

»Wann wollen Sie denn Ihre Bücherregale aufstellen?«, fragte er, und Carla nahm sein Angebot, ihr am Samstag dabei zu helfen, dankbar an. Warum nur ging er nicht? Emil Herzog trat unschlüssig von einem Fuß auf den anderen.

Vielleicht will er Trinkgeld, mutmaßte Carla und begann, in ihrer Geldbörse zu kramen. Doch Emil Herzog wehrte mit beleidigter Miene ab. »Neee, Frollein, Geld nehm ich keins. Aber wenn Sie einen Kaffee für mich hätten, da würd ich nicht nein sagen!« Und bei diesem Satz trat er einen Schritt auf Carla zu, so dass sein schlechter Atem sie zurückweichen ließ. Seine Blicke brannten in ihrem Rücken, als sie den Kaffee in den Filter der Maschine gab.

Während das Wasser gluckernd über das Pulver lief, verschwand Carla unter dem Vorwand, sich umziehen zu müssen, im Schlafzimmer. Sie konnte die Gegenwart dieses Mannes nicht mehr ertragen. Verwundert fragte sie sich, ob es an seinem Mundgeruch oder den bohrenden Blicken lag.

»Ich will Ihnen ja keine Angst machen«, begann er kurz darauf am Küchentisch, »aber vor ein paar Wochen ist ganz in der Nähe eine Frauenleiche gefunden worden.« Er beobachtete über den Rand der Tasse hinweg ihre Reaktion. Irgendwie lauernd. Wie ein Tier, das zum Sprung angesetzt hatte. Carla stieß mit dem Porzellan an ihre Zähne, dass es klirrte. Der kalte Schweiß auf ihrer Haut ließ sie frösteln.

Emil Herzog nagelte sie mit seinen Blicken fest. Es gab kein Entrinnen. Carla war wie paralysiert. »Den Mörder haben sie noch nicht gefunden.« Wieder ein schlürfender Schluck aus seiner Tasse. Carla hätte, selbst wenn ihr eine Erwiderung eingefallen wäre, kein Wort herausgebracht. Stattdessen überkam sie plötzlich das übergroße Bedürfnis zu schreien. Was war los mit ihr? Holte die Vergangenheit sie auch hier ein? Am anderen Ende des Landes, zwischen sich und dem Alptraum die größtmögliche Entfernung?

Er schien ihre Starre zu genießen. »Nehmen Sie halt in Zukunft ein Messer mit in den Wald oder Pfefferspray.«, riet er ihr. Dann erhob er sich endlich, packte seinen Werkzeugkoffer und ging. Als die Tür hinter ihm ins Schloss gefallen war, begann Carla unkontrolliert zu zittern. Auf dem Weg ins Bad wurde ihr bewusst, dass die Luft erfüllt war vom Geruch von *Irish Moos*, dasselbe Aftershave, das auch Bernhard benutzt hatte. Carla riss die Fenster auf.

Nachdem Carla eine halbe Stunde unter der heißen Dusche gegen das Zittern angekämpft hatte, immer mit dem Gefühl, in einem schlechten, jedoch wohlbekannten Alptraum gefangen zu sein, kuschelte sie sich in die Ecke ihrer Couch und besah sich das Chaos aus Umzugskartons und halb aufgebauten Möbeln. Es war nicht zu leugnen und auch nach dem dritten Glas Rotwein noch deutlich zu spüren: Sie fühlte sich nicht wohl in der Wohnung. Damals, bei Bernhard, hatte sie sich nicht so beobachtet gefühlt wie jetzt.

Als das Telefon klingelte, fuhr sie erschrocken auf. Am anderen Ende Stille. Die Volten, die ihr Herz jetzt schlug, kannte sie. Ging das alles wieder von vorn los? Das Belauern, Fotografieren und die nächtlichen Anrufe? Wie war er an ihre Geheimnummer gekommen? Oder hatte sich nur jemand verwählt?

Nach einer von Angstträumen durchsetzten Nacht, in denen sie wieder von Augen verfolgt worden war, hockte Carla im Schwesternzimmer und hielt sich an einer Tasse Kaffee fest. Die Stimmen der Frauen umwallten sie wie ein diffuser Geräuschbrei, drangen nicht bis zu ihr durch. Doch plötzlich merkte sie auf. War da nicht von einer Leiche die Rede gewesen?

»Und ihre Zunge soll rausgeschnitten gewesen sein«, sagte gerade die neue Lehrschwester. Entsetzt sah Carla sie an. »Sie haben doch sicher von der Frauenleiche im Wald gehört. Mein Freund ist bei der Sonderkommission, die den Fall untersucht.«

»Vergewaltigt soll er sie ja nicht haben«, mischte sich die Oberschwester ein. »Aber ob das noch eine Rolle spielt?«

Carla merkte, wie ihr Mageninhalt im Begriff war, sich in Richtung Rachen zu bewegen. Sie stand abrupt auf und begab sich auf die Toilette.

Wieso kam ihr plötzlich Gregor Weiß in den Sinn? Würde er so blöd sein und sein Opfer quasi vor der eigenen Haustür ablegen? Andererseits lag das Gehöft abseits genug, um ungestört alles Mögliche tun zu können. Carla schüttelte sich. Bitte nicht schon wieder, flehte sie halblaut vor sich hin.

Am Abend brachte sie, mangels Gardinenstangen, Bettlaken mit Reißzwecken vor den Fenstern an. Sie hatte sich wieder einmal beobachtet gefühlt. Doch dieses Gefühl hatte auch noch angehalten, als sie es sich in der Badewanne bequem gemacht hatte. War sie jetzt dabei völlig durchzudrehen?

Am nächsten Tag nach dem Frühdienst fuhr Carla in den Baumarkt. Als sie gerade vor den verschiedenen Stangensystemen stand, tippte ihr jemand auf die Schulter. Blitzschnell fuhr sie herum. Gregor Weiß grinste ihr frech ins Gesicht, als amüsiere er sich über ihre verzerrten Züge. Carla konnte nur mit Mühe ihre Aggressionen unterdrücken. »Habe ich Sie schon wieder erschreckt?« Sein Grinsen wurde noch eine Spur breiter. »Gibt es einen besonderen Grund für Ihre Schreckhaftigkeit?«, schob er gleich hinterher, bevor Carla zu einer giftigen Antwort ansetzen konnte. Mit leiser, mühsam beherrschter Stimme antwortete sie: »Es wäre mir recht, wenn Sie sich mir in Zukunft, falls überhaupt, nur von vorn nähern würden!« Abwehrend hob Gregor Weiß die Hände. »Kein Problem, schöne Frau, ich tue meistens, worum man mich bittet!«

Carla sah verschieden große Leinwände in seinem Wagen liegen, außerdem Farbtuben. Jetzt siegte die Neugier über ihren Ärger. »Malen Sie?«

»Ja, ich versuche es zumindest. Wollen Sie sich mal meine Bilder anschauen? Sie sind herzlich eingeladen. Jederzeit!« Carla trat schnell den Rückzug an. »Eigentlich habe ich viel zu tun, ich muss auch meine Wohnung noch bewohnbar machen, Sie wissen ja, so ein Umzug ... « Bedauernd zuckte der Maler die Schultern. »Na, ja, vielleicht später, oder Sie machen einfach beim Laufen mal eine Pause.« Schon im Weggehen drehte er sich noch einmal zu ihr um. »Ach, ja, wenn Sie Hilfe gebrauchen können, ich kann auch ganz gut mit Hammer und Bohrmaschine umgehen!« Carla dankte und wunderte sich, wieso sie plötzlich so mit Hilfsangeboten überhäuft wurde. Und wieso ihr die Hilfe von Gregor Weiß lieber gewesen wäre als die ihres Vermieters.

Zu Hause, nachdem sie die Kartons von einer auf die andere Seite geschoben hatte und sich nicht entscheiden konnte, welchen sie zuerst auspacken sollte, setzte sie sich auf die Couch und trank den letzten Rotwein, der noch in der Flasche war. Dabei beschloss sie, nie wieder eine offene Flasche länger als einen Tag stehen zu lassen. Der Geschmack war einfach scheußlich! Oder lag es an der neuen Weinsorte, die sie ausprobiert hatte?

Die Augen waren überall, sie zerrten an ihrer Haut, an ihrem Haar, sie durchdrangen sie wie Glas oder klares Wasser. Die Augäpfel lösten sich aus ihren Höhlen, zerflossen, kalter Glibber tropfte auf ihren Bauch. Der Schrei blieb in ihrer Kehle stecken, die Gallertmasse kroch auch da hinein, füllte sie aus, besetzte ihren Körper, bis kein Platz mehr für sie war. Sie war körperlos. Schwebend über dem, was sie einmal gewesen war, wusste sie plötzlich, dass hier etwas ganz gewaltig nicht stimmte. Doch warum konnte sie nicht herausfinden, was es war? Warum war sie so hilflos, so bewegungsunfähig?

Ihr Speichel schmeckte am Morgen nach rostigem Eisen. Das Nachthemd war hochgerutscht. Verwundert sah sie an sich herunter. Sie konnte sich nicht daran erinnern, ins Bett gegangen zu sein. Der Traum wirkte in ihr nach, trieb sie unter die heiße Dusche. Das Gefühl von Unwirklichkeit und Bedrohung verließ sie den ganzen Tag nicht.

Am Abend musste sie laufen. Ganz egal, was in diesem Wald passiert war, ganz egal, was in diesem Wald noch passieren würde. Carla verlangsamte ihren Schritt, als das Gehöft hinter einer Biegung auftauchte. Etwas zog sie dorthin. An der Haustür hing ein Schild ›Bin im Atelier‹. Das musste im Schuppen sein. Durch ein trübes Fenster sah sie ins Innere. Gregor Weiß stand mit dem Rücken zu ihr und malte an einem großformatigen Bild. Als Carla die Frau auf dem Bild sah, erschrak sie. Grotesk hingestreckt, ein rotes Rinnsal im Mundwinkel, lag sie da mit bleicher Haut und offenen Augen. Doch was Carla mehr als der tote Körper erschreckte, waren die vielen Augen, die durch die Stämme des Waldes, unter den Blättern auf dem Boden und sogar im Himmel zu sehen waren. Wieso malte er *ihre* Augen? Sie wusste sofort, dass es sich um die tote Frau im Wald handeln musste. Wusste auch Gregor Weiß um die abgeschnittene Zunge? Kannte er gar die Frau? Sollte er der Mörder sein und so leichtsinnig, sie zu malen? Nein, das passte einfach nicht zusammen!

Trotzdem hielt Clara etwas davon ab, einzutreten. Wollte sich nicht sehenden Auges in Gefahr begeben.

Während sie mit einer Entscheidung rang, legten sich zwei Hände um ihren Hals und drückten zu. Carla erstarrte, wie in ihren Träumen, wenn sie nicht von der Stelle kam, um vor ihren Verfolgern zu fliehen, unfähig, ein Geräusch von sich zu geben oder einen Muskel zu bewegen. Sie roch *Irish Moos* und die Verwirrung ihrer Gedanken lähmte sie. Bernhard? Emil? Ein Schwall üblen Mundgeruchs beleidigte ihre Nase und ein scharfer Schmerz durchzuckte sie, als sich Zähne in ihr linkes Ohrläppchen verbissen. Das Letzte, was sie sah, bevor sie das Bewusstsein verlor, war Gregor Weiß, wie er sich umdrehte, als habe er etwas gehört, den Pinsel fallen ließ und auf das Fenster zustürmte. Dann nichts mehr.

Scherben

Das Letzte, an was ich mich erinnern kann, ist das Geräusch von splitterndem Glas. Und an einen scharfen Schmerz, der mir wie eine tollwütige Katze ins Gesicht springt.

Als ich aufwachte, hatte ich das Gefühl, ein zu enger Sturzhelm umspanne meinen Kopf. Kein einziger Muskel gehorchte meinen Befehlen. Nur die Augen taten noch ihren Dienst. Und mit denen sah ich, dass mein mühsam hochgehobener Arm von oben bis unten bandagiert war. Ebenso wie auch der andere. Die Beine konnte ich unter der Decke nicht sehen, doch sie fühlten sich an, als lägen schwere Sandsäcke darauf. Irgendwann schob sich ein freundlich lächelndes Gesicht in mein Blickfeld, und ich las die Worte mehr von den Lippen ab, als dass ich sie verstand. Dass ich in einem Krankenhaus war, hatte ich schon selbst vermutet, und ein Blick in den bereit gehaltenen Handspiegel zeigte mir eine ägyptische Mumie. Nur die Augen blickten aus zwei Löchern und die Lippen. Auch die Nasenlöcher waren frei. Ich war zu benebelt, um wirklich geschockt zu sein. So geschockt, wie es mein Zustand eigentlich verlangt hätte. Eher fühlte ich mich wie unter einer dicken Watteschicht. Alles drang nur gedämpft zu mir: Die Geräusche, die Gefühle und Gedanken. Sie hatten mich sicher mit Morphium bis zur Halskrause abgefüllt.

Meine Träume, in denen ich mich in jenen Tagen bewegte, waren denen ähnlich, die ich hatte, als ich in unserer Studenten-WG mit Rauschmitteln experimentiert hatte. Marihuana, LSD, Amphetamine, Ecstasy. Wenn es nach mir gegangen wäre, hätte dieser Zustand ewig dauern können. Ohnehin wusste ich nicht, woher ich eigentlich kam, und ob dort jemand auf mich wartete. Besuch erhielt ich auch nie. Manchmal schob sich sehr störend ein Gedanke in mein Zuckerwatteschweben: Hatte ich überhaupt keine Freunde? War ich meiner Familie so wenig wert, dass sie mich nicht einmal im Krankenhaus besuchten? Wussten sie überhaupt, dass ich zwischen Leben und Tod schwebte?

Schweben. Das war mein Lieblingszustand. In meinen Träumen sah ich immer häufiger ein Gesicht. Ein bestimmtes Gesicht, dem ich allmählich auch einen Namen zuordnen konnte: Tobias. Er hatte irgendetwas mit meiner letzten klaren Erinnerung zu tun: Dem splitternden Glas. Hatte ihn jemand benachrichtigt? Warum war er noch nicht da gewesen?

Allmählich kehrten die Erinnerungen zurück. Und die Schmerzen. Ich flehte mit meinen Augen um Morphium, doch die Schwester schüttelte lächelnd den Kopf. ›Wir wollen Sie doch nicht süchtig machen!‹ Schnepfe!

Tobias arbeitet im selben Versicherungsbüro wie ich. Büro ist leicht untertrieben. Unsere Gesellschaft sitzt in einem riesen Glaskasten, mit Kantine und Cafeteria, verglasten Fahrstühlen und Springbrunnen im Atrium. Wir begegneten uns das erste Mal beim Mittagessen. Und es war Liebe auf den ersten Blick. Das spürt man. Und seine Blicke waren eindeutig. Von meinem Schreibtisch aus hatte ich gute Sicht in den Flur, durch den man auf den Weg zum Fahrstuhl gehen musste. Wenn Tobias dort um die Mittagszeit vorbei kam, machte auch ich Pause, und wir trafen uns in der Kantine. Er mochte am liebsten Fleisch und Salat. Dessert nahm er fast nie. Manchmal verpasste ich ihn auch, schließlich kann ich nicht immer mit meinen Augen an der Glasscheibe kleben. Irgendwann ging er dann nicht mehr in die Kantine, sondern zum Italiener um die Ecke. *Da Giovanni.* Aber das war mir recht. Auch, wenn es meine finanziellen Möglichkeiten eigentlich überstieg. Denn ich zahle gern für mich selbst. So emanzipiert möchte ich schon sein.

Ursprünglich kommt Tobias ja aus Berlin. Ich habe mir seine Personalakte besorgt. War gar nicht so schwer, da ranzukommen. Ob er das Großstadtleben satt hatte? Oder ob er vor jemand davongelaufen ist, so wie Bernd und Georg vor mir? Tobias ist nicht so bindungsunfähig wie die beiden. Er wird mich nicht verlassen, da bin ich mir sicher. Seit ich weiß, was er verdient, wundert es mich nicht mehr, dass er sich eine Wohnung im besten Viertel der Stadt leisten kann. Dort ist er meist am Abend und ruht sich von seinem anstrengenden Job aus. Aber manchmal gehen wir auch ins Kino. Er mag dieselben Filme wie ich. Er ist ein Romantiker. Etwas, das man bei Männern nicht so oft findet. Er sehnt sich nach der wahren Liebe. Aber nun hat er ja mich. Ich werde ihn nicht enttäuschen wie die Schlampen, die er vor mir hatte. Die ihn und seine Qualitäten nicht zu schätzen wussten.

Letzte Woche hatte er Geburtstag. Ich habe ihm eine einzelne langstielige rote Rose schicken lassen. Mit einem Zettel dran: Von einer Verehrerin. Er hat sicher gewusst, dass sie von mir ist. Denn kurz darauf ging er an meinem Büro vorüber und warf mir so einen wissenden Blick zu.

Es braucht nicht viele Worte für eine funktionierende Beziehung. Dem ganzen Gequassel wird viel zu viel Bedeutung beigemessen. Zusammen schweigen können nur Wenige.

Bernd war Weltmeister im Ausdiskutieren. Warum und wieso und weshalb? Gebracht hat es auch nichts. So sehr ich seinem Wunsch nach Erörterung angeblicher Beziehungsprobleme nachgekommen bin, letztendlich hat er mich doch verlassen. Vielleicht war ich auch einfach zu ehrlich. Habe ihm Dinge gesagt, die er gar nicht hören wollte. Den Fehler werde ich bei Tobias nicht wieder machen. Wichtig ist nur, dass wir zusammen sind. Was soll das ganze Gerede?

Warum schauen mich die Schwestern und Pfleger immer so komisch an, wenn sie die Verbände wechseln? Und warum weichen mir die Ärzte immer aus, wenn ich frage, was eigentlich passiert ist?

Ab und zu schicke ich Tobias eine Postkarte nach Hause; man muss etwas für die Beziehung tun, dem Anderen immer wieder versichern, wie viel er einem wert ist. Ein Gedicht oder eine schöne Fotografie – die Natur liebt er genau wie ich. Manchmal stecke ich sie auch persönlich in seinen Kasten; ins Haus zu kommen ist gar nicht so schwierig. Bei der Gelegenheit schaue ich gleich nach, wer ihm sonst noch so schreibt. Im Briefe angeln habe ich es mittlerweile zu einer gewissen Meisterschaft gebracht. Und manche Briefe erspare ich ihm. Es gibt doch immer wieder Schlampen, die nicht merken, wenn sie nicht mehr erwünscht sind. Er hat doch jetzt mich, wozu braucht er da noch andere?

In die Wohnung zu kommen war da schon etwas schwieriger. Aber ein Anruf beim Schlüsseldienst und mein schauspielerisches Talent sowie ein großzügiges Trinkgeld haben sich hier als sehr hilfreich erwiesen. Und vom Ersatzschlüssel, der am Schlüsselbrett hing, habe ich dann einen Abdruck gemacht – das hatte ich so mal im Fernsehen bei einem Krimi gesehen. Er hat wirklich eine sehr geschmackvoll eingerichtete Wohnung. Ich habe nichts dagegen, sie zu behalten, wenn wir zusammenziehen. Nur seinen Bildergeschmack teile ich nicht ganz. Zu modern. Ich mag Bilder nicht, auf denen ich nicht erkennen kann, was dargestellt ist. Aber sicher werden wir uns einigen.

Wenn ich frage, wann ich entlassen werde, vertrösten mich die Ärzte. Es seien noch andere Untersuchungen nötig. In einer anderen Klinik. Wo, will mir keiner sagen. Die Schmerzen werden stärker, vor allem im Kopf. Ich bekomme nicht genug Medikamente. Sie wollen, dass ich leide. Warum bloß?

Die Erinnerungen kommen zurück. Jetzt weiß ich auch, was an diesem letzten Tag passiert ist, bevor ich ins Krankenhaus eingeliefert wurde. Es war in der Mittagspause. Ich war unruhig, weil Tobias noch nicht vorbeigekommen war. Als ich in seiner Abteilung anrief, erfuhr ich, dass er Urlaub habe. Der Kollege lachte dabei so komisch. Irgendetwas zog mich zu unserem Italiener hin. Je näher ich dem Restaurant kam, desto schneller rannte mein Herz. Schneller, als meine Füße laufen konnten. Mein Herz war den Füßen immer voraus. Poch, Poch, Poch-Poch-Poch. Fast hätte mich beim Überqueren der Straße ein Auto erfasst. Ich höre noch das laute Hupen. Hatte ich einen Verkehrsunfall? Nein, ich erreiche die andere Straßenseite. *Da Giovanni*, da steht es über den großen Fensterscheiben. Rot. Rot wie Blut. Doch ich komme nicht hinein. An der Tür hängt ein Schild: *Geschlossene Gesellschaft*. Ich drücke mein Gesicht an die Scheibe, will sehen, was sich im Inneren abspielt. Warum bin ich nur so aufgeregt? O, je, mein Kopf! Jetzt sind die Schmerzen wieder so stark, ich brauche dringend eine Tablette. Da sitzt er. Tobias. Im schwarzen Anzug, mit weißem Hemd und einer Fliege. Am Mittag? Hat er eine so wichtige geschäftliche Besprechung? Eine Betriebsfeier? Neben ihm sitzt eine Frau. Sie hat ein weißes Kleid an und auf dem Kopf einen Schleier. Vor ihnen stehen Sträuße mit Rosen und ein älterer Mann steht auf, sagt etwas und prostet den beiden mit einem Sektglas zu. Jetzt, o Gott, sie küssen sich. Und alle klatschen und pfeifen. Die Pfiffe gellen in meinen Ohren. Das kann doch nicht wahr sein! Es muss alles ein riesengroßer Irrtum sein. Er liebt doch mich! Nur mich allein! Lasst mich zu ihm, ich muss mit ihm sprechen, er gehört mir, nur mir!

Dann – splitterndes Glas. Schreie. Und Stille. Eine rote Stille, die mich sanft einhüllt und wiegt wie ein Baby. Jetzt wird er es bereuen. Und zu mir zurückkommen. Niemand verlässt mich. Niemals mehr.

Nachtschatten

Mit einem Ruck fuhr Lisa aus dem Schlaf hoch. Sie lauschte in die Stille, und obwohl sie nicht hätte sagen können, was sie geweckt hatte, brach ihr plötzlich der Schweiß aus. »Lisa?« Die Stimme ließ sie herumfahren. Im Dämmerlicht, das durch die halb heruntergelassenen Jalousien fiel, erkannte Lisa einen Mann in der Ecke ihres Schlafzimmers. »Johannes!«, entfuhr es ihr. »Was machst du hier?«

Der so Angesprochene ließ ein erstauntes Pfeifen vernehmen. Luft, die er mit hohem Druck durch die zusammengepressten Zähne stieß, als habe sich mit ihr seine Anspannung komprimiert und könne sich nun endlich entladen. Er hatte eindeutig nicht damit gerechnet, dass sie ihn sofort erkannte. Hier im düsteren Schlafzimmer, wo nur ganz wenige, durch die Ritzen der Rollläden fallende und von den Straßenlaternen herrührende Lichtstrahlen ihre Leuchtfinger wie Silberstreifen über die Möbel und Teppiche legten.

Auch Lisa staunte. Was war es, das ihr sofort seinen Namen von allen möglichen in den Mund gelegt hatte, so, als wäre es das Normalste von der Welt, dass mitten in der Nacht, im Schlafzimmer ihrer mehrfach abgeschlossenen Wohnung, ein Kollege stand, mit dem sie nicht einmal besonders eng zusammenarbeitete? Doch bevor sie diesem Gedanken weiter nachgehen konnte, antwortete der nun aus der dunkelsten Ecke des Zimmers hervortretende Mann. »Deine Träume überwachen.«

Auf Lisas Unterarmen stellten sich die feinen Härchen auf und es war ihr, als streifte sie ein kühler Luftzug. »Was gehen dich meine Träume an?« fragte sie forscher, als ihr zumute war. Die mit einem Mantel bekleidete Gestalt lachte gezwungen. »Es interessiert mich einfach, was sich in deinem hübschen Köpfchen abspielt, während du schläfst. Heute übrigens sehr unruhig.« Johannes machte eine Pause, in der die Erkenntnis dessen, was sein letzter Satz bedeutete, wie eine Supernova in ihrem Kopf explodierte. Doch noch bevor sie in der Lage war, diesen Gedanken weiter zu verfolgen, fuhr der nächtliche Eindringling fort: »Es ist deshalb besonders interessant, weil man in einem Hirn nicht so einfach herumstöbern kann wie in Schubladen mit Unterwäsche.«

Lisas Magen schien ihrem Hals entgegenzustreben, so dass sie mehrmals schluckte, um gegen die aufsteigende Übelkeit anzukämpfen. Also hatte sie ihr Gefühl doch nicht getrogen, dass in den letzten Wochen öfter jemand in ihrer Wohnung gewesen sein musste. Sie konnte es nicht mit Sicherheit sagen, aber überall war wie ein kaum wahrnehmbarer Geruch die unsichtbare Spur anderer Hände gewesen. Johannes! Und noch während sie sich die Frage nach dem *Warum* stellte, begann sich in ihrem Inneren bereits die Antwort herauszukristallisieren. Eine Antwort, die ihren Herzschlag nahezu verdoppelte.

Krampfhaft versuchte sie ihrem gelähmten Hirn Fakten und Daten im Zusammenhang mit dem Eindringling zu entlocken. Sie hatten sich öfter auf den Gängen oder in der Kantine des riesigen Versicherungsgebäudes gesehen und sich zugenickt, wie dies bei den Angestellten üblich war. Vielleicht hatte man im Fahrstuhl auch das ein oder andere Wort gewechselt. Über das Wetter, die Auftragslage oder den Urlaub. Lisa konnte sich einfach nicht an einzelne Begebenheiten erinnern. Dann kam die Weihnachtsfeier vor vier

Wochen. Es hatte eine Tanzkapelle gespielt, und er hatte sie mehrmals aufgefordert. Zu oft für ihren Geschmack, so dass sie viel früher gegangen war, als sie eigentlich vorgehabt hatte. Nicht, dass er unhöflich oder zudringlich gewesen wäre! Aber es war von ihm irgendetwas ausgegangen, dass sie irritiert hatte. Seine Augen waren einen Tick zu lang auf ihrem Gesicht, ihrem Busen haften geblieben. Seine Fragen hatten etwas zu Bohrendes. Sie hatte sich in seiner Gegenwart einfach nicht wohl gefühlt. Genau genommen sogar ziemlich unwohl. Und nun stand dieser Mann hier in ihrem Zimmer und Lisa fiel dazu nur eines ein. Diesen Satz hämmerte eine Stimme schon seit einigen Minuten wie mit einem Metronom von innen gegen ihre Stirn: *Er ist verrückt!* Und gleich darauf: *Das überlebe ich nicht!*

Als ob Johannes ihre Gedanken gelesen hätte, stieß er hasserfüllt hervor: »Jetzt ist dir deine Hochnäsigkeit im Hals stecken geblieben, du kleine Schlampe!« und trat dabei einen weiteren Schritt auf das Bett zu, in dem sich Lisa mittlerweile aufrecht hingesetzt hatte. Das kühle Metall des Stahlrohrgestells durchdrang ihr dünnes Nachthemd und ihr Körper begann sich in einen Eisklotz zu verwandeln.

Er wird mich nicht einfach nur töten, wurde es ihr zur Gewissheit, *er wird mich vorher unendlich quälen*. Und wie kleine Flashbacks zuckten durch ihr Hirn Bilder von Hannibal Lecter und allen furchtbaren Filmen, die sie je gesehen hatte. Mit einer Stimme, die sie nicht als ihre eigene erkannte, schlug sie, vor Scham kaum hörbar, vor: »Ich schlafe mit dir, wenn du willst.«

Doch von Johannes kam nur ein höhnisches Lachen. »Wenn ich mit dir schlafen wollte, würde ich das auch ohne deine gnädige Erlaubnis tun!« Woher kam dieser Hass, diese Verachtung? Was hatte sie ihm getan? Was hatte ein anderer ihm irgendwann einmal angetan, dass er so geworden war? Lisa wischte diese Gedanken weg. Sie musste sich konzentrieren. Es ging um nichts weniger als um ihr Leben! Ein Plan musste her. Sie hatte doch schon so viele Bücher gelesen. Psycho-Thriller, ihre Lieblingslektüre an trüben Tagen, was taten die Opfer immer in solchen Situationen? Die Antwort war so einfach wie niederschmetternd: Die Opfer überlebten nicht! Von denen konnte sie sich nichts abschauen.

Jetzt stand Johannes direkt vor dem Bett und umklammerte mit beiden Händen das geschwungene Stahlrohr an der Fußseite des Bettes. Ein Lichtstrahl fiel durch die Rollläden direkt auf seine Hände und Lisa konnte ihren Blick nicht von den Knöcheln abwenden, die weiß hervortraten. Aber etwas anderes sah sie plötzlich auch, etwas, das sie bisher noch gar nicht registriert hatte: An dem kleinen Finger der rechten Hand trug Johannes einen schmalen Goldreif mit einem Brillanten darauf, der im fahlen Licht blitzte, wenn er die Position der Hände ein wenig veränderte. Ihr Ring! Lisas Hirn arbeitete fieberhaft. Seit wann vermisste sie den schon?

Als sie den Zeitpunkt anhand von bestimmten Ereignissen rekonstruiert hatte, war ihr klar, dass Johannes sie schon weit länger im Visier haben musste, als sie bis jetzt gedacht hatte. Mehr als ein halbes Jahr!

Lisa nahm all ihre Kraft zusammen und fragte mit fester Stimme: »Und was hast du nun vor?« Johannes wich vor ihrer Entschlossenheit unmerklich zurück. Sein Gesicht war im Dunkel verborgen, so dass Lisa darin nichts lesen konnte. Statt einer Antwort ging der Mann in die Knie, stieß sich vom Boden ab und – sprang.

Der Schrei gellte noch in ihren Ohren, lange, nachdem Lisa erwacht war. Ihr Nachthemd klebte an ihrem Körper, das Herz war ein Presslufthammer in ihren Ohren. Minutenlang saß sie aufrecht im Bett und lauschte in die Dunkelheit. Der Lichtkegel ihrer Nachttischlampe brachte Gewissheit: sie war allein im Zimmer. Sie war soeben aus dem realistischsten und furchtbarsten Traum ihres Lebens erwacht. Doch die Erleichterung darüber wollte einen Rest Beunruhigung, der sich irgendwo zwischen Milz und Magen festgebissen hatte, nicht auslöschen.

Lisa verließ ihr Bett, nassgeschwitzt und zerwühlt, und warf sich im Bad einige Hände voll kalten Wassers ins Gesicht. Nachdem sie ihre Blase geleert hatte, ging sie zögernden Schrittes zu der Kommode, in der sie ihren Schmuck aufbewahrte. Verwirrt von dem Ineinandergreifen von Traum und Wirklichkeit war sie sich plötzlich nicht mehr sicher, ob sie diesen Ring tatsächlich vermisste. Hatte sie sich alles nur eingebildet? Hatte ihr Unterbewusstsein die Signale, die Johannes aussandte, falsch interpretiert; hatte sie ihn zu Unrecht in die Stalker-Schublade gesteckt?

Das Fach, in dem sie die Ringe aufbewahrte, war vollständig bestückt. Auch ihr Brillantring befand sich an Ort und Stelle. Lisa wollte gerade aufatmend die Schmuckschatulle schließen, als ihr ein kleines weißes Papierfetzchen auffiel, das sich zwischen den Seitenwänden aus der unteren Ebene nach oben geschoben hatte.

Plötzlich konnte sie kaum schlucken. Vorsichtig, als könne eine giftige Natter zum Vorschein kommen, hob sie den oberen Einsatz an. Und erstickte ihren Schrei mit der Faust. In dem Fach, in dem sonst ihre Perlenkette lag, befand sich ein handgeschriebener Zettel: »Keine Sorge, auch die Kette werde ich dir wieder zurückbringen!«

Familientreffen

Endlos schiebt sich das graue Band der Autobahn unter mir hinweg. Seit drei Stunden fahre ich nun gen Süden und wie in jedem Jahr am ersten Augustwochenende frage ich mich, warum ich mir das eigentlich antue. Anfang vierzig, Leiterin einer gut gehenden Apotheke und Besitzerin einer luxuriösen Eigentumswohnung. Warum fahre ich einmal im Jahr zusammen mit meinen Geschwistern, die aus allen Teilen Deutschlands anreisen, in unser Ferienhaus im Tessin, um dort die verbalen Tiefschläge meines Vaters zu erwarten?

Zumal in diesem Jahr alles anders ist. Unsere Mutter wird zum ersten Mal nicht dabei sein. Beim Gedanken an die Beerdigung im Winter, als uns ein eisiger Schneesturm fast von den Füßen gerissen und den Grabschmuck durch die Gegend geworfen hatte wie ein tobendes Kind sein Spielzeug, verstärkt sich das ebenfalls jedes Jahr auf der Fahrt in die Schweiz meine Magenwände reizende diffuse Schmerzempfinden erheblich. Dass Mutters Tod uns überrascht hatte, wäre die Untertreibung des Jahres. Niemand wusste etwas von einem Herzfehler oder irgendwelchen ernsthaften Beschwerden. Wie sehr hatten wir ihr gewünscht, den Alten zu überleben, um dann noch einmal ein paar schöne Jahre genießen zu können. So aber hatte stattdessen der Hypochonder, der seit ewigen Zeiten seinen unmittelbar bevorstehenden Tod beschwor wie eine tibetanische Gebetsmühle, das Rennen gemacht. War ich wirklich überrascht, als ich in seinem Gesicht während der Trauerrede den Ansatz eines triumphierenden Grinsens entdeckte?

Hinter der letzten Kurve sehe ich unser Haus liegen. An den Hang geduckt, das graue Dach beladen mit den für diese Gegend typischen Steinplatten. Als das Auto über den Kies im Hof knirscht, fällt mir auf, dass eine der Steinplatten etwas abgerutscht ist und gefährlich nah an der Dachkante liegt. Direkt über dem Eingang. Ich werde einen der Männer darum bitten, die Platte wieder zu sichern.

Vor dem Haus steht schon der Mercedes von Klaus. Er trifft meist als erster ein, in München arbeitet er als Arzt in einem Krankenhaus. Ob er seine Neue mitgebracht hat?

Die Fenster stehen überall offen, und im Garten sitzt mein Bruder zusammen mit einer Frau, die er mir als Susi vorstellt und die seine Tochter sein könnte. Wie Vater darauf wohl reagieren wird? Immerhin ist Klaus nicht so feige wie ich und stellt sich dem Spott und der Häme. Ich dagegen, ganz die um Anpassung bemühte Tochter, hatte meinen Freund geheim gehalten. Solange es noch etwas geheim zu halten gab. Und daran war nicht nur die andere Hautfarbe schuld. Auch das seit dem 11. September vorherrschende Konglomerat von Gefühlen, angefangen von Unsicherheit bis hin zu Angst und Abscheu, gegenüber allem, was auch nur in die Nähe des Islams gerückt werden konnte, hatte mich bewogen, nichts von meiner neuen Liebe zu erzählen. Sogar vor meinen Geschwistern hatte ich Ahmed verleugnet, damit nur ja kein Wörtchen die Ohren des gestrengen Patriarchen erreichte. War ich immer noch das Kind, das sich in der Schule anstrengte, um gute Noten nach Hause zu bringen und ihm damit ein gnädiges väterliches Lächeln und ein Streichen über den Kopf zu entlocken? In einem der wenigen Augenblicke, in denen er mich wahrnahm?

Ich beziehe das Bett in Mutters Zimmer. Die Kammer unter dem Dach, in der sie in all den Jahren gewohnt, das einzige Zugeständnis, das sie ihm abgepresst hatte: ein eigenes

Schlafzimmer. Als Begründung musste sein Schnarchen herhalten. Ich habe meinen Vater nie schnarchen hören.

Auch in den anderen Räumen überziehe ich die Decken frisch und spanne die Laken ein. Überall wische ich Staub und sauge die Holzböden ab. Dann stelle ich meine Cremetiegel und mein Schminkzeug auf der Frisierkommode auf. Aus dem geschwungenen Spiegel, der an den Rändern schon zu schwärzen beginnt, und dessen falsches Blattgold an einigen Stellen des verschnörkelten Rahmens abblättert und den darunter liegenden Gips freilegt, sieht mich ein blasses Gesicht mit den unverkennbaren Zügen meiner Mutter an.

Als hinter mir im Spiegel ein weiteres blasses Gesicht erscheint, fahre ich erschrocken herum. Susi entschuldigt sich errötend. Ob sie mir helfen könne. Ich schicke sie ins letzte Zimmer, um auch dort die Betten zu überziehen. Vom Wäscheschrank höre ich einen erstickten Ausruf, doch ich habe keine Kraft mich zu erheben. Wie hypnotisiert starre ich in mein Gesicht und sehe Dinge, die mir nicht gefallen und denen ich mich doch nicht entziehen kann. Meine grauen Augen verwandeln sich in die braunen von Ahmed, meine blonden Haare in die kurzen gekrausten, die sich am Hinterkopf bereits lichteten. Das, was mir jetzt daraus entgegenblickt, hätte das Gesicht unseres Kindes sein können, wenn, ja wenn ich nicht so feige gewesen wäre.

Er hatte es nie verstanden, dass ich mich weigerte, ihn meinen Eltern vorzustellen, so wie er mich in seine Familie eingeführt hatte, bei dem ersten unserer zahlreichen Aufenthalte in dieser verrückten, lauten Stadt mitten in der Wüste. Das, was ich dort an Wärme und Gastfreundschaft von Seiten seiner Schwestern und Brüder, seiner Mutter und seines Vaters erleben durfte, war seitdem für mich zur Ahnung dessen geworden, was Familie in ihrem besten Sinn bedeuten konnte. Körperliche Nähe, Teilen der wenigen Dinge, die man besaß und Beistand in allen schwierigen Lebenslagen. Die Wohnung war winzig und doch lebten in ihr Eltern und erwachsene unverheiratete Brüder und Schwestern Ahmeds sowie vorübergehend immer irgendwelche Kinder der Schwestern, die mit ihren Männern außerhalb lebten. Kinder waren heilig und hatten Narrenfreiheit. Manche Schwestern trugen wie die Mutter Galabija und Kopftuch, andere eng anliegende T-Shirts und Jeans. Manche Schwestern sprachen nur arabisch, andere ebenso ein perfektes Englisch. Ich war auf- und angenommen worden, auch wenn die Fragen der Mutter mit den Jahren immer drängender geworden waren. Sie konnte nicht verstehen, warum wir nicht heirateten, keine Familie gründeten. Ich hatte gewusst, dass es für Ahmed alles bedeutet, selbst eine Familie zu haben. Deshalb hatte ich es ihm auch verschwiegen, als ich schwanger war und hatte heimlich abgetrieben. Wenn ich mich heute nach den Gründen frage, scheinen mir die Ängste und Zweifel jener Zeit nicht Erklärung und Rechtfertigung genug für einen solchen Schritt zu sein. Heute wäre unser Sohn fünf Jahre alt.

Von unten dringt das Klappen von Autotüren. Ich schaue vorsichtig durch den Spalt in der Gardine. Es ist der rote Corsa von Gabriele. Sie steigt allein aus, Vater wird mit Gunter kommen, er wohnt ihm am nächsten. Wahrscheinlich wollte Gabi ihrer Freundin die Beschimpfungen von Vater nicht noch einmal zumuten. Vielleicht haben sie sich auch getrennt. Soll ja in lesbischen Beziehungen genauso vorkommen. Das musste man ihr lassen: sie hatte mehr Mut bewiesen als ich. Brachte ihre Freundin zum Familientreffen mit und outete sich gleich vor der ganzen Sippschaft: seht her, ich bin lesbisch und ihr müsst damit leben, ob es euch passt oder nicht! In dem Moment habe ich mich so geschämt wegen meiner Feigheit. Aber Gabi, das Nesthäkchen, hatte sich schon immer mehr herausnehmen können, als all die anderen. Trotz allem hatte sie mir einmal nach reichlich Weingenuss gestanden, in einem Raum zusammen mit dem Alten kaum atmen zu können.

Dessen Reaktion war vorhersehbar gewesen, jedoch milder ausgefallen als befürchtet. Eigentlich sähe sie doch nicht so schlecht aus, dass sich kein Mann für sie fände und sie sich mit Frauen begnügen müsse. Gabis Freundin hatte er das ganze Wochenende vollständig ignoriert.

Wie ein Wirbelwind stürzt sie nun ins Zimmer und fällt mir um den Hals, so dass ich mich von meinem Spiegelbild und den trüben Erinnerungen losreißen muss. »Hallo Schwesterlein, alles o.k.?«, fragt sie, und erwartet, wie immer, keine Antwort. Stattdessen fängt sie an, über die Idioten auf der Autobahn zu schimpfen, die ihr hinten auffahren und sie beim Überholen nötigen, weil es ihnen nicht schnell genug geht. »Wie findest du meine neue Haarfarbe?«, will sie wissen und zupft sich ein paar rote Strähnchen in die Stirn. Aber auch darauf erwartet sie keine Antwort, weil sie schon wieder am Erzählen ist. Diesmal über ihr neuestes »Projekt«, eine Videoinstallation, mit der sie nun aber ganz gewiss das Interesse der etablierten Kunstszene wecken wird.

Gabi hat – zum Entsetzen unserer Eltern – Kunst studiert. Allerdings nicht bis zum Ende. Nun schlägt sie sich mehr schlecht als recht durchs Leben. Es gibt mehr Menschen, die Kunst fabrizieren als solche, die Kunst kaufen. Dasselbe ließe sich wahrscheinlich auch über Literatur und Musik sagen.

Gabi verschwindet in ihrem Zimmer, während ich meine Klamotten im Schrank verstaue. Danach begebe ich mich in die Küche, um Salat zu waschen, Brot zu schneiden und den Rotwein in die Karaffe zu gießen.

Susi kommt und deckt den großen Holztisch im Esszimmer. Draußen höre ich, wie Klaus den Rasenmäher anwirft. Kann er wieder nicht bis morgen warten? Oder will er Vater imponieren?

Als erneut das Schlagen von Autotüren an mein Ohr dringt, verkrampft sich etwas in mir. Das ist Vater. Ich beuge mich über das Spülbecken, tue so, als hätte ich nichts gehört und drehe die Kurbel der Salatschleuder, als wolle ich die zarten Blätter darin zerfetzen. Ich spüre ihn, als er hinter mir steht. Die Luft im Raum hat sich verändert. Als ob auf einmal weniger Sauerstoffmoleküle in ihr sind. Ich drehe mich langsam um. Da steht er, unverändert seit der Beerdigung, und sagt: »Hallo Lisbeth.« Sagt diesen so verhassten Namen, den niemand mehr benutzt, nie jemand außer ihm benutzt hat, den er verwendet wie ein gut geschliffenes Messer. Er tritt einen Schritt auf mich zu, doch ich habe beschlossen, stark zu sein und ihn nicht zu umarmen, keinen Körperkontakt mehr, keine Berührungen, die mir immer Übelkeit verursacht haben, zuletzt so schlimm, dass ich mich fast übergeben musste. Ich reiche ihm die Hand, die rechte, die linke hält ein Messer, ich weiß nicht, warum ich es plötzlich in der Hand halte, aber es muss wohl einen Grund haben, er nimmt meine Hand und drückt so fest zu, dass ich nach Luft schnappe, dabei grinst er herausfordernd. Sein Blick gleitet über meinen Körper, taxierend wie immer, wenigstens grabscht er nicht mehr nach meinen Brüsten, um sein Urteil darüber abzugeben, ob sie endlich gewachsen sind und ich dabei bin, zur Frau zu werden.

Susi kommt in die Küche, fragt in ihrer Unschuld, wo das Besteck liegt, reicht ihm ihre Hand, die er lange anschaut, zu lange, ehe er sie nimmt und – ich sehe es mit Verblüffung – an seine Lippen führt, und dann sagt er mit lüsternem Grinsen: »Was haben wir denn hier für ein Appetithäppchen?«

Susi weiß nicht mit der Situation umzugehen, natürlich nicht, wie könnte man jemand auf so etwas vorbereiten, Klaus mäht Rasen und ich bin nicht die Richtige, um sie zu retten, also kichert sie errötend, und das amüsiert meinen Vater nun wirklich sehr.

Als wir alle um den Tisch sitzen, hebt Vater sein Glas und bringt einen seiner gefürchteten Toasts aus, in dem er Klaus zu seiner immer noch nicht erreichten Chefarztstelle gratuliert (»aber so ein junges Häschen im Bett ist ja auch nicht zu verachten«), mir zum immer noch nicht geborenen Kind (»dabei sind deine Hüften mittlerweile breit genug, dass sogar zwei Embryonen Platz drin hätten«), Gabi zu ihrer neuen Haarfarbe (»ist ja praktisch, dass du malst, sparst du das Geld für den Friseur«) und Gunter zu seiner Scheidung (»recht hast du, sie war tatsächlich schon etwas verwelkt«). Wie immer schlucken wir alles brav hinunter, spielen die Farce mit, nur Susi, die von alledem nichts kapiert, starrt abwechselnd ihn und uns mit weit aufgerissenen Augen an.

Wir stochern in unserem Salat herum, Vater ist mal wieder das Dressing zu sauer und das Brot zu hart, und nachdem die Pasta vertilgt ist, erhebt sich Klaus und hüstelt. In seinen Händen hält er ein Papier, das er nun auseinander faltet und, nachdem er sich unserer Aufmerksamkeit versichert hat, beginnt vorzulesen.

»Meine geliebten Kinder. Wenn ihr das lest, werde ich nicht mehr am Leben sein. Und es geschieht mir recht! Jetzt ist es an der Zeit, dass ihr erfahrt, wer euer wirklicher Vater ist. Nicht dieser von Hass und Missgunst zerfressene Egomane, vor dem ich euch zu schützen versuchte, so gut es mir möglich war. Ich weiß, ich habe versagt.« Klaus hebt den Kopf und sieht uns der Reihe nach an. Wir starren ungläubig zurück. Gabi steht der Mund offen, was ihr einen leicht verblödeten Ausdruck verleiht. Gunter putzt an seiner Brille herum. Der Mann am Tischende, den wir bis eben für unseren Vater hielten, ist aschfahl geworden und hält sich mit beiden Händen an der Tischplatte fest, als würde er Angst haben, abzustürzen. Mein Bruder fährt mit der Verlesung des Briefes fort: »Kurz nach unserer Hochzeit verliebte ich mich in Kurt, seinen Bruder.« Klaus lässt uns Zeit, diesen Satz aufzunehmen. Onkel Kurt, zu dem wir so gern in den Ferien fuhren; jedes Jahr gab es unter uns Geschwistern Streitereien, wer denn nun an der Reihe sei, hoch an die Nordsee zu fahren. Zu dem Onkel, der so anders war, als unser strenger Vater, der uns nie, wie Onkel Kurt, auf den Schoß nahm oder unsere Tränen trocknete, wenn wir uns wehgetan hatten. Gabi und ich wechseln einen Blick. Darin ungläubiges Erstaunen. Doch es geht weiter: »Zuerst kämpften wir beide dagegen an, doch bei einem Sommerurlaub am Meer passierte es dann: Gunter wurde gezeugt. Jetzt wusste ich auch, dass es nicht an mir lag, wie euer *Vater* immer behauptet hatte, weshalb ich nicht schwanger wurde.« Ich stelle mir vor, wie er Mutter deswegen erniedrigt. Und dann ihre Rache: das Kuckucksei. »Ich will euch nicht langweilen, auch ihr anderen seid auf diese Weise gezeugt worden: in Liebe. Auch, wenn es eine verbotene war. Nun fragt ihr euch sicher, warum ich euren *Vater* nicht verlassen habe und zu Kurt gegangen bin. Diese Frage habe auch ich mir mehr als einmal gestellt. Vor allem, wenn der, der glaubte, euer Vater zu sein, es wieder einmal für angebracht hielt, einen von euch mit Schlägen von der Verwerflichkeit seines Tuns zu überzeugen. Nicht immer hatte ich die Kraft dazwischen zu gehen. Dafür bitte ich euch vor allem um Vergebung. Dass ich euch so lange diesem Mann ausgesetzt habe. Auf die Frage, warum ich nicht ging, habe ich keine Antwort, die euch befriedigen würde. Feigheit und Scham waren dabei, auch Angst und Zweifel, ob es wirklich mit Kurt besser laufen würde. Immerhin hatte auch er inzwischen eine Frau und Kinder, die dann ebenfalls unglücklich geworden wären.« Ich denke an die verhuschte Tante Ilse, dick und gemütlich, kaum jemals zu bemerken und ihre zwei Töchter, unsere Cousinen, die ja eigentlich unsere Schwestern sind. In den Augen der anderen sehe ich, dass sie ähnliche Gedanken haben müssen. Klaus holt tief Luft und liest weiter: »Heute habe ich es ihm gesagt und seine Reaktion war, wie erwartet. Ich kann es ihm nicht einmal verdenken. Vielleicht hat er es ja immer gespürt und konnte euch deshalb kein guter Vater sein. Ich habe ihm auch mitgeteilt, dass ich ihn endlich verlassen werde. Und dass ich euch die Wahrheit sagen will. Diesen Brief schreibe ich hier in unserer Hütte auf meinem Zimmer, um ihn unter der Bettwäsche für euch zu hinterlegen, falls mir etwas zustoßen sollte. Ich überlasse euch, was ihr mit diesen Informationen tut. Zum Schluss möchte ich euch allen sagen, dass ich euch immer über alles geliebt habe. Wenn ich etwas aus meinem Leben gelernt habe und als Rat an euch weitergeben darf, dann dies: achtet bei euren Entscheidungen weder auf Konventionen noch auf die Meinung anderer. Folgt immer eurem Herzen! Egal, wie schwer euch manches im Augenblick scheinen mag! Ich umarme euch. Eure schwache Mutter.«

Ich spüre die Tränen, die mir über die Wangen laufen und auf den halbvollen Teller tropfen. Es herrscht eine Stille, in die der erste Laut wie ein Kanonendonner bricht. Der Stuhl fällt nach hinten um, als Vater sich abrupt erhebt. Jetzt ist sein Gesicht rot, auf seiner Stirn pocht eine dicke Ader, seine Zornader. Er schlägt mit der Hand auf den Tisch, dass die Gläser hochspringen. »Lügen, alles Lügen!«, brüllt er. Er will noch mehr sagen, doch scheinen ihm die rechten Worte zu fehlen, das habe ich noch nie erlebt. Er gibt dem umgefallenen Stuhl einen Tritt und geht aus dem Raum. Wir bleiben zurück und schauen uns schweigend und ratlos an.

Abends im Bett, in Mutters Bett, denke ich an ihre letzten Worte, ihren Rat, den sie uns mitgegeben hat. Für mich ist er zu spät gekommen, leider. Ahmeds Mutter war der Meinung, dass er jetzt lange genug unstet gelebt habe und es nun an der Zeit sei, eine Familie zu gründen. Die Frau hatte seine Mutter schon ausgesucht, unberührt und aus guter Familie; er hatte sie vor der Hochzeit nur wenige Male gesehen. Ahmed fügte sich den Wünschen seiner Mutter. Auch das kann Familie sein, anderswo. Zum Abschied sagte er zu mir, dass er immer nur mich lieben werde. Das war vor einem Jahr. Jetzt werden sie sicher schon das erste Kind haben. Ob er noch manchmal an mich denkt? Seinen Vorschlag, seine Zweitfrau zu werden, hatte ich empört zurückgewiesen. Warum hatte ich nicht den Mut, ihn zu heiraten? Sein Kind auszutragen?

Nachdem ich, von Alkohol benebelt, in einen leichten Schlaf hinweggedämmert war, schrecke ich von einem lauten Knall auf. Die Steinplatte, denke ich und lege mich wieder zurück. Hatte sie doch niemand befestigt.

Am nächsten Morgen erwache ich als Erste. Ich ziehe mir meinen Jogginganzug über und gehe hinunter, um der Morgenkühle meine schmerzende Stirn zu bieten. Die Haustür ist nicht abgeschlossen, steht sogar einen Spalt offen. Was mich wundert, weil Vater immer als Letzter in der Nacht einen Rundgang macht, um zu prüfen, ob alles verriegelt ist. Zu Hause und überall, wo wir sind. Als ich auf den kleinen Absatz hinaustrete, weiß ich, wieso. Da liegt er in seltsam verkrümmter Haltung, neben ihm die auf den Stufen zerbrochene Granitplatte. Seine Haare sind von Blut verklebt, seine Augen schauen mich voller Erstaunen an. In mir ist kein Erschrecken, kein Bedauern, nur Stille. Es ist wie ein langsames Ausatmen, wie nach einer großen Anstrengung, ein Gefühl, als ob ich endlich angekommen bin.

Ich steige über den leblosen Körper hinweg und löse das Seil, das noch um einen Teil der Platte locker gewunden ist, bevor ich nach drinnen zum Telefon gehe und die Polizei anrufe.

Entschwinden

Die Ehefrau

Vielleicht war *das* der Beginn gewesen: als er das leere Glas vom Mund nahm und inmitten des noch halbvollen Tellers absetzte. Direkt hinein in den Spinat. Warum habe ich dem nicht die Bedeutung zugemessen, die es verdiente? Wollte ich es nicht wahrhaben?

Hätte ich damals, an jenem winterstarren Mittag, zu ihm sagen sollen: Jetzt ist es soweit, Geliebter. Lass mich dir den Schierlingsbecher reichen?

Oder hatte es schon früher begonnen? Als die minutenlangen Abwesenheiten, die seinem Gesicht den Stempel der Verwirrung und Verlorenheit aufgedrückt hatten, immer häufiger wurden? Er hatte dagegen angekämpft, nicht mehr Herr im eigenen Hause zu sein – der Kopf war ihm vom Verbündeten zum Feind geworden. Und doch war er in seiner Hilflosigkeit gegen das zunehmende Versinken im Nebel des Nichts sichtbar von Furcht erfüllt. Was hätte ich tun können? Müssen? Die menschliche Psyche mit ihren Verdrängungs- und Beruhigungsmechanismen funktioniert ja so perfekt. Ein depressiver Schub, hatte ich mich beeilt, bekannte Erklärungen zu bemühen. Er wird halt vergesslich, beruhigte ich mich, wenn er mit dem Korkenzieher in der Hand verloren in der Küche stand und nicht wusste, was er damit wollte. Ich war schließlich auch nicht mehr die Jüngste, und es war auch mir schon passiert, dass ich mich, im

Keller stehend, fragte, weshalb ich dorthin gegangen war, was ich dort holen wollte.

Wann hätte ich die Situation als die erkennen müssen, die unweigerlich einen bestimmten, oft diskutierten Schritt nach sich gezogen hätte? Wann hätte er selbst diese Entscheidung noch treffen können? Treffen müssen, wenn er seinen Teil unserer wechselseitigen Abmachung hätte einlösen wollen?

War es schon zu spät gewesen, als er eines Morgens vor seinem Lieblingsbild, Fontanes Porträt, im Wohnzimmer gestanden war und mich gefragt hatte, wer der Mann auf dem Bild sei? War es auf jeden Fall zu spät, als er nicht mehr wusste, wer *ich* war?

Anfangs, als die Aussetzer nur von kurzer Dauer gewesen waren, einige Minuten, eine Stunde, er aber bereits gespürt hatte, dass etwas in ihm am Erlöschen war, hatte er noch versucht, mit Geschick darüber hinweg zu gehen, in der Annahme, wenn er so täte, als existiere das Bedrohliche nicht, wenn er es schaffen würde, dass ich nichts davon mitbekäme, wäre es weniger real. Ein Kind, das, wenn es nicht gesehen werden will, die Augen schließt. Wenn ich dann sein Arbeitszimmer betrat, fand ich ihn oft angestrengt in ein Buch schauend, als lese er. Dies hatte mich anfangs beruhigt, bis ich einmal beim Nähertreten bemerkte, dass er das Buch falsch herum hielt. Längst schaffte er es nicht mehr, die aus dem Regal entnommenen Bücher an ihren alten Platz zurück zu stellen.

Seine Wut, als ihm nach und nach immer bewusster wurde, was mit ihm geschah. Dass sein Geist ihn verlässt, dass etwas Unfassbares in seinem Kopf passiert. Etwas, das ihm die Fähigkeit raubte, klar zu denken. Das, was ihn sein ganzes Leben ausgemacht hatte, dieses zielsichere Denken – es verschwand. Und als er das realisierte, schlug er oft wild um sich, warf mit seinen geliebten Büchern. Er, der Sanfte, der nie seine Hand gegen einen Menschen oder ein Tier erhoben hatte. Fast noch schlimmer aber als diese Wutausbrüche war es, wenn er still auf dem Sofa oder an seinem Schreibtisch saß und die Tränen über sein faltiges, von unzähligen Altersflecken bedecktes Gesicht liefen.

Die Sprache, seine Geliebte, kam ihm mehr und mehr abhanden. Es schmerzte, wenn ich ihn stammeln hörte, nach den einfachsten Wörtern suchend, und daran dachte, was für großartige Werke er geschaffen, welch edlen Gestalten er seine Stimme geliehen hatte. Tausende von Studenten hatten sich von ihm in die Kunst der Rhetorik einweisen lassen. Er war es gewesen, der an der Universität diesen Studiengang eingeführt hatte. Jetzt verstummte er langsam. In einem seiner wenigen lichten Momente, als ihm die ganze Katastrophe voll bewusst wurde, hatte er gesagt: »Mir ist die Sprache gestorben«. Hätte ich damals die seltene Gelegenheit nutzen und ihn fragen sollen, ob er noch immer für Sterbehilfe war, ob er seinen Zustand als ›menschenunwürdig‹ empfand?

Wer bin ich, dass ich die Entscheidung treffe, ob er sein Leben noch als ›lebenswert‹ empfindet? Der Geist ist weg, doch vielleicht ist an seine Stelle etwas Anderes getreten, in dem er sich eingerichtet, mit dem er sich arrangiert hat. Heute freut er sich nicht an wohlgesetzten Hexametern seiner geliebten Griechen oder an Fontanes gelungenen Landschaftsbeschreibungen, heute freut er sich, wenn er mit der Pflegerin einkaufen und den Wagen schieben darf, oder wenn er beim Metzger ein Fleischkäswecken bekommt. Wer bin ich, dass ich ihm seine Freude aufrechne? Gibt es unterschiedliche Qualitäten von Freude? Ist die Freude über klassische Musik höher einzustufen als die über den Geschmack eines Stückes Fleisch?

Und wer ist *er* heute? Ist er wirklich ein anderer, nur weil alles das, was ihn ausgemacht hat, nun entschwunden ist? Ist er nur die Hülle, die gefüttert, gewickelt und gestreichelt werden will wie ein Baby?

Ich sehe ihn an, seine lieben Augen, in denen jetzt abwechselnd die Angst und das Vergessen wohnt, sehe ihn an und weiß, dass er mich zwar sieht, aber nichts mit dem Gesicht, das er sieht, verbindet. Ein Mensch, der ihn umsorgt, wie seine Pflegerin. Ist für mich der Schmerz nicht viel größer als für ihn, der doch den Verlust gar nicht mehr realisiert?

Trauere ich deshalb der nicht genutzten Chance auf ein schnelles selbstbestimmtes Ende so nach? Weil ich nicht damit umgehen kann, dass ein Mensch sich so radikal ändert? Weil ich nicht sagen kann: *Diesen* Mann habe ich nicht geheiratet? Er geht mich nichts mehr an! Denke ich so?

Er liegt auf der geblümten Tagesdecke in seinem Anzug, den er, ebenso wie seine Schuhe, immer noch jeden Tag anziehen will. Er starrt mit offenen, leeren Augen an die Decke. Was sieht er?

Die Pflegerin

Ich weiß nicht viel. Ich bin nicht gebildet. Aber ich kann dem Herrn Professor sein Lieblingsessen kochen und sehen, wie's ihm schmeckt. Er hat jetzt halt andere Vorlieben. Nicht mehr seine Bücher und schlaue Gespräche, sondern die Tiere, die er streicheln kann auf dem Hof und einen guten Rostbraten. Wieso soll das eine Katastrophe sein? Er weiß doch nicht, wie er früher war. Was soll er also vermissen?

Ich glaube, dass es nur für die schlimm ist, die ihn anders kannten. Seine Frau und die schlauen Leute, mit denen er sich umgeben hat. Und ich versteh auch nicht, wieso die Familie alles so in die Öffentlichkeit zerren muss. Interviews und Bücher über den Herrn Professor und all das. Er kann sich nicht wehren. Ihn fragt keiner, ob er das will.

Er ist wie ein Kind und damit kenne ich mich aus. Habe schließlich drei eigene großgezogen. Mit allen zusammen in der Küche am Tisch, da gefällt's dem Herrn Professor am besten. Da kommt er nicht ins Grübeln und wird nicht traurig.

Aber seinen eigenen Kopf hat er immer noch. Wenn er nicht rasiert werden will, da habe ich keine Chance. Wenn er keine Lust mehr hat, die Treppen hinaufzusteigen und sich hinsetzt, da dauert es dann erst mal, bis ich ihn wieder hochgebracht habe.

Auto fährt er gern mit mir. Und natürlich die Tiere, die er ja früher gar nicht gemocht hat, wie seine Frau sagt, als er noch die meiste Zeit mit seinen Büchern verbracht hat, die Tiere liebt er jetzt.

Warum reden alle von Sterbehilfe? Dem Herrn Professor geht es doch gut! Nur halt anders als früher. Es ist eben sein zweites Leben, was er jetzt lebt. Warum sollte ihm das jemand nehmen?

Ein Freund

Tragisch, ihn zu sehen und in ihm vielleicht meine eigene Zukunft zu sehen. Tragisch zu sehen, wie es seiner Frau kaum möglich ist, ihn als den anzunehmen, der er nun mal geworden ist. Ihre unglücklichen Verlautbarungen in der Öffentlichkeit. Hat sie das wirklich nötig? Glaubt sie, nun da sich die Vorzeichen umgekehrt haben, sie kein Anhängsel mehr von ihm ist, er jedoch abhängig wie ein Kleinkind von ihr, müsse sie all das nachholen, was ihr in den vergangenen

Jahrzehnten verlorengegangen ist? An Aufmerksamkeit, an Wertschätzung? Als sein strahlender Geist alles auf sich gezogen hat, weg von ihr, und wie ein schwarzes Loch gebunden. Alle Kränkungen, die ihrem Ego zugefügt wurden, ausradieren? Sich vielleicht sogar an ihm rächen? Ich weiß, wie er sein konnte. Neben ihm hatte es jeder schwer, sich einen Platz zu sichern.

Wie froh bin ich, dass ich, als es damals um das Thema Sterbehilfe ging, unentschlossen war, ihr nicht zuraten konnte. Wie froh bin ich, dass sie den Zeitpunkt verpasst haben. Wenn ich ihn heute sehe, so weh es mir tut, dass in seinen Augen nichts mehr flackert von der Besessenheit des großen Gelehrten, scheint es mir undenkbar, ihn um diese Jahre gebracht zu haben.

Alles hat seine Zeit. Und seinen Grund. Wer sind wir, dass wir meinen, eingreifen zu können in Gottes Schöpfung?

Der Professor

Die Sonne. Wärmt im Gesicht. Schön.
    Carlo bellt. Das Fell so weich.
    Vom Haus ein Duft....Pfannkuchen?
    Der Arm meines Schutzengels. Hält mich. Führt mich.
    Manchmal schlimm. Dieses Ziehen und Schieben. Immerzu an mir. Schlimm.
    Was wollen sie?
    Ein Gesicht.
    Wer bin...War...Ich

Eile mit Weile

Tag 1

Hansi ist tot. *Ein Unglück kommt selten allein*, würde Großmutter sagen. Auf dem Rücken lag er heute Morgen, die Beinchen weit von sich gestreckt. Nun bin ich ganz allein.

Beerdigen würde ich ihn gern. In Gottes guter Erde. In brauner Scholle, fett und fruchtbar. Wie die Äcker in Schlesien. Auf denen ich als Kind herum gekrochen bin und die dicken Kartoffeln heraus gelesen hab. So Kartoffeln hab ich seitdem nicht wieder gegessen. Unvergesslich dieser Geschmack.

Doch wo soll ich hier einen Platz finden, in dem ich ein Loch buddeln kann? Nur Platten und Asphalt. Selbst die Bäume sind bis an die Rinde zubetoniert. Dass die überhaupt leben können so?

Der Spielplatz wäre eine Möglichkeit. Doch wie könnte ich ungesehen dort mein Werk verrichten? Und nachts gehe ich nicht raus. Da erwacht das Böse.

Zum Glück gibt's dieses Müllloch im Flur. In das ich alles reinwerfen kann, was stinkt. Wie ein Darm läuft das Rohr durch die vielen Etagen des Hauses, angefüllt mit den Resten seiner Bewohner, die irgendwo unten wieder ausgeschieden werden. Bequem, die Art, den Müll loszuwerden. Bei uns damals im Dorf haben wir noch alles verbrannt. Es brannte auch alles. Plastik gab's nicht und mit den leeren Konservendosen haben wir Fußball oder Büchsenwerfen gespielt. Doch wohin nun mit Hansi?

Tag 2

Seit Franz nicht mehr aufsteht, verlasse ich die Wohnung nicht mehr. Zu Essen habe ich genug, Franz hat immer eingekauft, als stünde der nächste Weltkrieg bevor. Die Vorratskammer ist voll mit Konserven. Kaffee und Tee werden auch eine Weile reichen. Ich bin genügsam, ich brauche nicht viel.

Ich spreche mit Franz, auch wenn er mich nicht mehr hört. Er hat schon früher nie viel gesagt. Seit er aus der Gefangenschaft zurückkam, damals 47. Es war, als hätte ich einen völlig anderen Menschen geheiratet. Nie hat er über den Krieg oder das Lager gesprochen. Doch seine Schreie, oft nachts, haben mir alles erzählt. Aber sein Schweigen jetzt ist schlimmer. Ich werde im Wohnzimmer schlafen.

Tag 3

Ursula hat geschrieben. Es geht ihr und den Kindern gut. Aber warum musste sie unbedingt nach Australien auswandern? Sicher, sie ist ihrem Mann gefolgt, wie auch ich damals Franz gefolgt bin. Als er Arbeit bekam hier in Berlin. Nachdem wir unseren Hof verloren hatten, war es mir sowieso egal gewesen, wo ich leben sollte. Und das Häuschen mit dem kleinen Garten, außerhalb bei Bernau, das war ja auch schön. Da hat man nichts von der Stadt gemerkt. Doch Ursula meinte, dass wir zu alt seien, um es weiterhin allein in Schuss zu halten, und so haben wir es schweren Herzens verkauft und sind in die Stadt gezogen. »In so einem Hochhaus seid ihr nie allein«, hat Ursula damals gesagt, bevor sie nach Australien gegangen ist. Woher hatte sie diese Weisheit bloß? Wenn ich auf dem Weg zum Briefkasten mal jemandem begegne, kenne ich meist nicht einmal das Gesicht. So oft wie der Umzugswagen unten vor der Tür steht. Und letzten Sommer hat sich eine junge Frau aus Liebeskummer oben vom Dach gestürzt. Vorher hat sie ihre sechsjährige Tochter in der Badewanne ertränkt.

Durch die geschlossenen Vorhänge drängt sich ein Lichtstrahl. Die Staubkörnchen tanzen auf ihm Polka. So wie Franz mit mir in einem fernen Leben. Zu viel Sonne kann ich nicht mehr ertragen. Meine Augen sind ausgebraucht.

Tag 4

Eigentlich müsste ich mal wieder putzen. *Was du heute kannst besorgen, das verschiebe nicht auf morgen*, höre ich meine Großmutter. Die würde die Hände überm Kopf zusammenschlagen, wenn sie die Wohnung sehen würde. Aber mir macht das nichts mehr aus. Für wen soll ich denn aufräumen und sauber machen? Mich besucht keiner. Und mir ist es egal. Hauptsache, ich hab einen Platz zum Sitzen und Fernsehen und zum Schlafen. Nur lüften muss ich mehrmals täglich. Allmählich riecht's hier streng. *Eile mit Weile.*

Tag 5

Neuerdings liege ich die meiste Zeit des Tages auf dem Sofa – *Kanapee* würde Großmutter sagen – und schaue mir die Sendungen im Fernsehen an. Aufstehen tue ich nur, wenn ich aufs Klo muss. Essen und Trinken stelle ich in Griffweite. So ist's schön gemütlich und strengt mich nicht so an. Ich höre zwar Großmutters *Sich regen bringt Segen* und *Müßiggang ist aller Laster Anfang*, mit dem sie mich damals durchs Haus und aufs Feld gescheucht hat, aber schließlich bin ich kein junger Hüpfer mehr.

Allein fühle ich mich nicht. Das Fernsehen ist mein Fenster zur Welt. Wenn ich hier die Gardinen aufziehe und aus dem Fenster schaue, sehe ich nur die Betonwand vom Haus gegenüber. Der Himmel ist so weit weg wie niemals vorher in meinem Leben. Wenn ich daran denke, wie wir früher oft draußen geschlafen haben, im Heuschober oder am See, und der Himmel war wie ein warmes Tuch, das uns zugedeckt und beschützt hat ...

Seit ich in der Stadt wohne, habe ich die Sterne nie mehr richtig sehen können vor lauter Lichtern. Damals haben wir noch Sternschnuppen gezählt im August. Irgendwie fehlt er mir doch. Sein mürrisches Brummen, sein Schnaufen in der Nacht.

Tag 40

Das Telefon habe ich ausgesteckt. Wenn es mal klingelt, ist jemand dran, der mir irgendwas verkaufen will. Versicherungen, Geldanlagen, solche Sachen. Brauche ich nicht. Für die Beerdigung reicht das, was auf dem Sparbuch ist. Ins Heim gehe ich sowieso nicht. Das musste ich auch Franz versprechen. Wir bleiben zusammen bis zum Schluss, hat er immer gesagt. Deshalb habe ich ihn auch hier behalten. So, wie er es gewollt hat. Aber lange wird es nicht mehr dauern, bis sie uns holen. Es riecht immer stärker. Obwohl ich die Tür zum Schlafzimmer mit Lappen und Klebeband überall abgedichtet habe. Und zum Briefkasten bin ich auch schon lange nicht mehr gegangen. Ich habe einfach keine Kraft mehr dafür. *Wer rastet, der rostet*, höre ich Großmutters mahnende Stimme. Aber ich bin schon zu schwach, um aufs Klo zu gehen. Wahrscheinlich ist es ohnehin bald zu Ende.

Angst habe ich keine. Warum auch? Dort, wo ich hingehe, werde ich Franz wiedersehen. Und Großmutter. Und die Eltern, die ich viel zu früh verloren habe. Alle werde ich wiedersehen, auch Martin, meinen großen Bruder, der in Stalingrad geblieben ist. Und Hansi, der wird mir dann wieder Lieder vorzwitschern. Das kleine gelbe Federbällchen. Ja, das wäre schön.

Kinderliebe

Ich mag Kinder wirklich.

Zum Beispiel Linda. Wie sie da stand, in ihrem blauen Anorak, den viel zu schweren Schulranzen auf dem Rücken, ihren Blick auf den braunen Schneematsch gerichtet. Mit den Spitzen ihrer aufgeweichten Stiefelchen kickte sie den Split zur Seite. Als ich auf dem Heimweg an ihr vorbeiging, sah sie kurz hoch und ihre blauen Kulleraugen, das rotgefrorene Näschen, sie trafen mich mitten ins Herz. Ja, hört sich kitschig an, wie aus einem schlechten Film, aber besser kann ich es echt nicht beschreiben.

»Was machst du hier draußen in der Kälte so allein?«, fragte ich sie, und meine eigene Stimme war mir fremd. Linda schniefte, bevor sie ganz leise, so leise, dass ich sie kaum verstand und mich zu ihr hinunterbeugen musste, sagte: »Warten.« Nur dieses eine Wort und ich hätte sie am liebsten an mich gedrückt, ganz fest und nie wieder losgelassen.

Sie hatte schon eine Stunde auf ihre Mutter gewartet, alleinerziehend, die nicht zur üblichen Zeit von der Arbeit – sie ist Kellnerin – nach Hause gekommen war. Einen Schlüssel hatte sie auch nicht, und im Haus war niemand da, der sie wenigstens hätte hineinlassen können. Ich wohne drei Häuser weiter. »Willst du dich bei mir aufwärmen?«, fragte ich sie. Sie sah mich erstaunt und misstrauisch an. Dann betrachtete sie wieder ihre Schuhspitzen, auf denen sich vom Salz bereits weiße Ränder zu bilden begannen.

»Wir können deiner Mama einen Zettel an die Tür hängen, damit sie weiß, wo sie dich abholen kann«, schlug ich vor. Linda schien zu überlegen. Dabei knabberte sie mit ihrem einen verbliebenen Schneidezahn an ihrer Unterlippe. Sie hatte schon kleine Fetzen Haut abgezogen und an einer Stelle war Blut zu sehen. Ich musste mich beherrschen, um diesen Blutstropfen nicht wegzuküssen. Diese Lippen...

Na ja, jedenfalls Linda schien sich entschieden zu haben. Es war aber auch wirklich eine Scheißkälte. Und sie hatte nicht mal eine Mütze auf ihren blonden Zöpfen, das arme Ding. Hatten ihr die Jungs in der Schule weggenommen, hat sie mir später erzählt.

Wir sind also erst mal zu mir. Hab ihr eine Schüssel mit warmem Wasser hingestellt und ihr die Schuhe und die Strumpfhose ausgezogen. Am liebsten hätte ich sie natürlich in die Wanne gesetzt, aber das hab ich mich damals noch nicht getraut. Dann hab ich erst mal einen Zettel für ihre Mutter geschrieben und bin zurück, um den an die Tür zu heften. Meine Telefonnummer stand auch drauf.

Ich hab ihr dann einen heißen Kakao gekocht, so richtig mit Kakaopulver und heißer Milch, nicht so ein Fertigzeug, das fast nur aus Zucker besteht. Es hat ihr geschmeckt; hat sowas vorher noch nie getrunken gehabt. Ein Käsebrötchen hab ich ihr auch geschmiert. Sie hatte Hunger, die Kleine.

So langsam taute sie auf. Im doppelten Sinn. Ich erfuhr ihren Namen und dass sie oft allein ist. Weil ihre Mutter in der Kneipe auch abends und nachts arbeiten muss. Plötzlich fühlte ich mich in meine eigene Kindheit zurückversetzt. Die langen stillen Nachmittage im großen Wohnzimmer, wenn ich zusah, wie die Sonne die Schatten auf den staubigen Möbeln, auf den Schonbezügen der Sessel, auf den Spitzendeckchen wandern ließ. Ich sah den Figuren im Fernsehen zu, ließ die immer gleichen Bilder der Werbung auf mich niederprasseln und holte mir einen nach dem anderen runter. Immer wieder. Aus Langeweile. Seit ich entdeckt hatte, dass man die Leere in sich ausfüllen kann, indem man dieses kleine Stück beweglicher Haut vor und zurück schiebt. Da war ich so elf, glaub ich. Und am meisten, fällt mir jetzt, wo ich dran denke ein, am meisten geilte es mich auf, wenn kleine Mädchen in ihren immer zu kurzen Kleidchen herumsprangen. Über Blumenwiesen, auf den Schößen von Vätern und Großvätern – ist dir das schon mal aufgefallen? Das gibt es auch heute noch in der Werbung! Da springen sie, die Kleinen, auf den akkurat gestutzten Rasen um die Spießerhäuser, aus denen heraus dann die immer lächelnde Mama mit einem Riegel *Kinderschokolade* winkt.

Komisch, ich hab von meiner Mutter nie *Kinderschokolade* bekommen oder *Nimm2* oder *Hanuta*. Immer nur die Klagen über meinen Vater, der uns nicht genug Geld gab. Dann, als er weg war. Warum auch immer. Keine Ahnung.
Die Frauen in der Werbung, die ihre prallen Titten zur Schau stellten, die haben mich nicht im Geringsten interessiert.

Linda also erinnerte mich an etwas. Und als ich ihre Füßchen abtrocknete und zwischen ihren dünnen Beinchen das Rosa ihres Schlüpfers schimmern sah, bekam ich einen Ständer. Ich musste weg von ihr, im Bad hab ich mir dann erst mal Erleichterung verschafft, es war wie eine Explosion, so intensiv wie selten zuvor. O.K., dachte ich, hattest halt schon lange keinen Sex mehr. Mit den Frauen hatte ich nicht so viel Glück bisher. Bin immer an die Falschen geraten. Laute, fordernde Weiber, denen ich wohl nie das geben konnte, was sie brauchten.

Na, ja, ich will es kurz machen. Irgendwann kam Lindas

Mutter, die war zuerst gar nicht erfreut. Als ob ich ihrem Töchterlein sonst was angetan hätte. Ich bot ihr an, wenn Not am Mann ist, auf sie aufzupassen. Aber darauf reagierte sie gar nicht, schnappte sich die Kleine – richtig grob hat sie sie angefasst, als ob das Kind was dazu könnte, wenn die Mutter zu spät kommt – und weg waren sie. Bei all dem hat sie sogar ihre Handschuhe liegen gelassen. Die hab ich ihr dann am nächsten Tag vorbeigebracht. Und wieder war die Mutter nicht da. Die Kleine hat sich richtig gefreut, als sie mich gesehen hat. Hat mich gleich an der Hand gepackt und mir ihr Kinderzimmer gezeigt. Wir haben dann ein bisschen mit ihren Puppen gespielt. Vater, Mutter, Kind. Na ja, was die Mädchen halt immer so spielen wollen. Konnte mich zwar kaum losreißen von der Kleinen, aber ich wollte nicht der Mutter in die Arme laufen.

So ging es ein paar Wochen. Ich besuchte sie immer, wenn ich wusste, die Mutter ist arbeiten. Manchmal auch abends, wenn sie schon im Bett lag. Ich hab ihr dann eine Gutenachtgeschichte vorgelesen, das kannte sie gar nicht. Ich eigentlich auch nicht, aber eine meiner Freundinnen hatte auch ein Kind und da hab ich das gesehen. Ich geb zu, es war schwer für mich, auf ihrer Bettkante zu sitzen und mich auf das Buch zu konzentrieren. Immer dachte ich an den kleinen zarten Körper unter der Bettdecke. Wie gern wollte ich sie streicheln, ihr zeigen, wie schön das ist. Und immer, wenn ich solche Gedanken hatte, wurde es mir in meiner Hose zu eng. Einmal, da habe ich es nicht ausgehalten und ein Spiel draus gemacht. »Guck mal, was da in meiner Hose gewachsen ist.«, hab ich gesagt und ihre kleine Hand genommen und auf die Beule gelegt. Sie hat sie aber gleich wieder weggezogen, als ob sie sich verbrannt hätte. Ich hab dann das Buch beim Lesen drübergelegt und mit der anderen Hand an mir rumgerieben.

Ich wollte mehr, ich habe es nicht mehr ausgehalten. Tag und Nacht habe ich nur an Linda gedacht, wie ich sie streicheln wollte, wie sie meinen Schwanz mit ihren kleinen Fingern knetet, wie sie ihn in den Mund nimmt und lutscht wie ein Eis am Stiel. Ich hab mir einen Computer besorgt, weil ich gehört hatte, dass man da so Bilder und Filme mit Kindern findet. Was ich gesehen habe, hat mich eher erschreckt als erregt. Obwohl, manche Mädchen hatten Ähnlichkeit mit Linda und da hab ich mir vorgestellt, der Mann, der ihr seinen Finger in die kleine Möse steckt und manchmal auch seinen Schwanz oder andere Sachen, das bin ich. So oft wie in diesen Wochen hab ich noch nie vorher gewichst.

Aber die Kinder in diesen Filmen sahen nicht glücklich aus.

Ich wollte nie einem Kind wehtun. Hab immer nur Sachen gemacht, die sie auch wollten. Hab sie nie zu etwas gezwungen.

Linda ist dann leider weggezogen. Beim Abschied hat sie geweint. Auch ich habe geflennt, später, als ich wieder allein in meiner Wohnung war.

Aber es gab andere Mädchen. Man muss nur mit offenen Augen durch die Welt gehen. Und nicht alle Mütter waren wie die von Linda. Manche waren dankbar dafür, dass ich auf sie aufgepasst, ihnen bei den Schularbeiten geholfen habe.

Du fragst dich sicher, warum ich dir das alles erzähle. Aber ich will einfach mal die Meinung eines Außenstehenden hören. Ist das, was ich getan habe, wirklich so schlimm, dass man mich dafür wegsperren musste?

Ich liebe Kinder. Wirklich. Und ich könnte ihnen nie etwas antun!

Alles im Griff

Warum muss ich hier sitzen und Ihnen die Zeit stehlen?
Ich hab keine Probleme.

Nicht so wie damals, als ich gerade in die Schule gekommen war und nachts aus Angst – *wovor?* – wieder bei meiner Mutter schlafen wollte. Da war der Seelenklempner o.k. gewesen, und er hat es ja auch irgendwie geschafft, dass die Angst weggegangen ist.

Er hatte tolles Spielzeug; Soldaten, Panzer, solche Sachen, mit denen ich zu der Zeit immer gespielt habe. Ich war wohl auch ziemlich rambomäßig drauf damals, habe nur rumgeballert und meine Mutter hatte viel Stress mit mir. *Aber es war geil, rumzuballern. Immer und immer wieder. Rausgebrüllt. Bis alles ruhig war in mir.* Damals war die Therapie o.k. Aber heute?

Das mit den Fingernägeln kriege ich schon wieder auf die Reihe. Bin halt manchmal schlecht drauf. Deshalb schickt man doch keinen zum Psychiater. *Damals, als ich in die Schule kam, hab ich das auch gemacht. Mama hat es gehasst und mich immer mit Geld bestochen. Eine Mark, wenn sie mir alle zehn Fingernägel schneiden konnte. Als ich sechs war, hat das auch gewirkt. Geld hat mir ziemlich viel bedeutet. Damals.*

Und das nasse Bett letztens, das war, weil ich erkältet war und so stark husten musste. *Dass ich mir manchmal die Lippen mit Mamas Lippenstift anmale, wird hoffentlich niemand geschnallt haben. Er ist das Einzige, was mir von ihr geblieben ist.*

Wenn ich ihn an meine Nase halte, rieche ich sie. Und wenn ich die Augen ganz fest schließe, bilde ich mir ein, sie sei bei mir. Wenn ich mir die Lippen damit anmale, hoffe ich darauf, im Spiegel Mama zu sehen. Aber ich sehe immer nur mich.

In der Schule ist alles easy. Meine Noten sind gut. *Zu gut. Die anderen nennen mich ›Streber‹. Oder ›Professor‹ wegen meiner Brille. Es hat auch nichts gebracht, als ich bei Tests absichtlich das falsche Ergebnis hingeschrieben habe. Der Lehrer hat's gemerkt und ich war doppelt am Arsch.*

Freunde? Hab ich hier nicht. Brauch ich auch nicht. Hab sowieso keine Zeit. Muss für die Schule lernen. Außerdem hab ich meine Bücher. *Wär schon cool, wenn man mal mit jemand reden könnte. Bücher können nicht antworten. Aber wahrscheinlich würde mich sowieso keiner verstehen.*

Mädchen? Kein Interesse. Die kichern doch bloß albern rum und haben nichts außer Klamotten und Boygroups im Kopf. *Außer Sarah, wenn die mich anschaut, da kribbelts mir immer so komisch die Wirbelsäule runter.*

Ob ich auf den Friedhof gehe? Ich brauch kein Grab. *Der Gedanke an die Würmer macht mich auch so schon verrückt.*

Was ich werden will? Vielleicht Arzt. Dann geh ich nach Afrika in ein Dschungeldorf und helfe dort den Armen. Oder ich arbeite in der Forschung und entdecke ein Heilmittel gegen Krebs oder eine andere schlimme Krankheit.

Musik? Am liebsten höre ich Klassik oder Opern. Die hat meine Mutter auch so geliebt.

Ob ich gern Geschwister gehabt hätte? Ich weiß nicht. Darüber habe ich noch nicht nachgedacht. Ich war ja von klein auf in der KITA und später nach der Schule im Hort, weil meine Mutter arbeiten musste. Wahrscheinlich hätte ich dann mehr teilen müssen. *Vor allem Mama.*

Was soll ich Ihnen von meinem Vater erzählen? Ich hab ihn ja kaum gekannt. Er ist abgehauen, als ich sechs war. Keine Ahnung, warum. Auch vorher hat er sich nicht oft blicken lassen. Hatte wohl noch woanders ’ne Tussi sitzen.

Streit? An so was kann ich mich nicht erinnern. *Nur an die Kälte zwischen ihnen. Und das Schweigen.*
    Ob ich mal was von ihm gehört hab? Er ist weggezogen. Hab nicht mal seine Adresse. Hat ihn wohl nicht sehr interessiert, was sein Sohn treibt. *Jetzt hat er sicher längst seine eigene nette kleine Familie. Da würde ich nur stören.*

Reden? Über meine Mutter? Ich will nicht über sie reden. Mit niemanden. Vielleicht später. *Im Moment kann ich es noch nicht ertragen, dass ein anderer von ihr spricht, ihren Namen in den Mund nimmt. Dinge weiß, die ich nicht weiß. Die vor meiner Zeit, ohne mich geschehen sind. Meine Erinnerungen reichen mir vorerst. Sie sind alles, was mir geblieben ist. Von ihr.*

Wie ich schlafe? ... Na ja, wenn ich keinen Bock auf Begegnungen der dritten Art hab, werf ich ein paar Pillen ein. Der Arzneischrank meiner Tante ist gut sortiert. *Warum lässt mich Mama nicht los? Warum muss sie sich jede Nacht in meine Träume drängen? Warum kann ich sie nicht einfach vergessen? Wenigstens so lange, bis es nicht mehr so weh tut, an sie zu denken? Wenn ich auf sie zu gehe und sie berühren will, greife ich ins Leere. Diese Leere fühle ich dann auch in mir. Ich würde gern wieder bei ihr sein, dort, in dieser anderen Welt. Aber ich weiß auch, dass sie das nicht haben wollte.*

Wie bitte? Warum glauben Sie mir nicht? Was für eine Badewanne? *Hätte ich mir denken können, dass Tantchen ihm was gesteckt hat; wahrscheinlich bin ich deshalb hier.* Das war ein Unfall. Leichtsinn. Ich hatte ein paar Tabletten zu viel eingeworfen und hatte dann Lust auf ein Bad. Wusste wirklich nicht, dass das gefährlich ist. Wird nicht wieder vorkommen. *Dieser Drang, manchmal, nach unten. Zu ihr. Sich nicht mehr das Hirn zermartern. Raus aus dieser Sinnlosigkeit.*

Mutters Freunde? Als ich noch kleiner war, gab es wohl den einen oder anderen. Aber sie sind alle wieder gegangen. War wohl doch nicht so einfach mit mir. *Hab auch alles getan, um sie wegzuekeln.* Und in den letzten Jahren, als sie die Krankheit bekam, hatte sie wohl andere Sorgen. *Wie oft war sie nachts zu mir ins Bett gekrochen und hat sich an mich gekuschelt, weil sie sich allein gefühlt hat! Wozu brauchte sie da noch einen Mann?*

Nein, sie hat mir nicht von der Krankheit erzählt. Aber ich hätte ja blind sein müssen, um nicht zu merken, dass was nicht stimmt. Die vielen Ärzte, die Klinikaufenthalte. Aber ich habe nicht gefragt. Ich wollte nicht angelogen werden. *Und die Wahrheit wollte ich auch nicht.*

Nein, ich will nicht über jenen Morgen reden. Niemals. Nicht hier und nicht jetzt und zu niemandem. *Nicht drüber reden. Nicht dran denken. Nicht reden. Nicht denken ...*

Was? Nein, nein, mir geht es gut. Warum glauben Sie mir nicht? Ich weiß wirklich nicht, was ich hier soll. Kümmern Sie sich doch um die anderen, die echte Probleme haben! Ich brauche niemanden. Ich bin doch schon fast dreizehn. Ich habe alles voll im Griff.

Panta rhei

Es war eine Flucht. Ich bekenne mich schuldig. Jetzt kommen mir Zweifel, ob ich das, was ich suche, wirklich hier finde. In den anbrausenden Wellen, im Schreien der fetten Möwen oder im stets stürmenden Wind? Außerdem bin ich nicht allein. Natürlich nicht. So wie schon seit vier Jahren nicht mehr. Seit es Tom gibt. Meinen Sohn.

Sein kleines Gesicht liegt entspannt lächelnd neben mir auf dem Kissen. Was gäbe ich für einen Bruchteil dieses Friedens! Die langen gebogenen Wimpern werfen Schatten auf die Wangen. Die plötzlich anbrandenden mütterlichen Gefühle vertreiben die Kälte in mir, den Geschmack von Verlorenheit und Aussichtslosigkeit. Und wie schon oft vorher denke ich: Wenn ich ihn nicht hätte!

Ihn, meinen Sohn, geboren, obwohl der Preis für sein Leben das schmerzliche Ende einer Beziehung war. Geliebt und gehasst, Klotz am Bein und Lückenbüßer bei emotionalen Engpässen. Befrachtet mit uneinlösbaren Ansprüchen.

Ich – die Supermutter. Über jeden Zweifel erhaben. Intimste Kennerin aller gängigen Erziehungsratgeber.

Nur: Wo war mein eigenes Leben abgeblieben zwischen Englischkursen für Kleinkinder und pädagogisch wertvollen Spielmaterialien? Die Kosten für einen Babysitter war ich nicht gewillt zu tragen, weder um einen Volkshochschulkurs in Seidenmalerei zu besuchen, noch für einen jener Single-Tanz-Veranstaltungen, in denen man – habe ich mir sagen lassen – höchstens einen Typ für eine Nacht abschleppen konnte.

Für einen Mann war ohnehin kein Platz in unserem engen Kokon aus gegenseitigen Abhängigkeiten. Und wo hätte ich den auch kennen lernen sollen? Auf dem Spielplatz, in der Krabbelgruppe oder im Supermarkt?

Die manchmal nachts aufkommenden Sehnsüchte, wenn die Erschöpfung nicht gar so schlimm war, bekam ich in den Griff, indem ich mir die Probleme eines Dreiecks in den schillerndsten Farben ausmalte. Ich brauchte nicht lange in Horrorszenarien von ›Mutter zwischen allen Stühlen‹ zu schwelgen, schnell war ich wieder für eine Weile kuriert und felsenfest davon überzeugt, dass für mich das Leben nicht leichter, sondern nur um einige zusätzliche Komplikationen reicher werden würde: Noch mehr Wäsche, keine praktische Tiefkühlkost mehr (für das Kind natürlich nach wie vor nur das Beste vom Bio-Bauern), keine Chance auf Weiterführung der chaotischen Zustände in unserer Wohnung, wo es mir schon genügte, wenn in den bewohnten Räumen ein Gang zu Tisch, Fenstern und Couch bestand, der Junior ansonsten jeglichen Bewegungsspielraum hatte, den er brauchte. Und und und. Außerdem wollte ich nicht zu den Müttern gehören, deren Kinder sich alle paar Monate an einen neuen ›Onkel‹ gewöhnen mussten.

Nein, auf das bisschen Sex konnte ich gut verzichten; in meinem bisherigen Leben war mir ohnehin noch niemand über den Weg gelaufen, der es auf diesem Gebiet zu einer gewissen Meisterschaft gebracht hätte.

Doch da wusste ich noch nichts von Markus. Dass ich ihn überhaupt bemerkte, musste wohl mit einer vermehrten Hormonausschüttung wegen des Frühlings zu tun gehabt haben. Sein Sohn besucht mit meinem den Kindergarten. Als sich unsere Augen das erste Mal ineinander verkrallten, dachte ich noch, die Frau, die den hat, ist zu beneiden. Aber das war ich ja gewöhnt: Entweder die tollen Typen waren vergeben oder schwul. Dass es bei Markus nicht so war, erfuhr ich beiläufig (vielleicht hatte ich auch ein wenig nachgeholfen) von der Kindergärtnerin. Alleinerziehender Vater, gab's so was tatsächlich?

Ich ertappte mich dabei, dass ich vor dem Kleiderschrank stand und überlegte, was ich anziehen könnte, wenn ich Tom abholte. Auch meine vor sich hin verstaubenden Kosmetikutensilien erlebten ein Comeback.

Dass es dann jedoch so schnell ging, erstaunte mich schon.

Tom baut wieder eine Sandburg. Direkt an der Flutlinie. Ich habe versucht, ihn dazu zu überreden, sie ein Stück außerhalb zu bauen, damit sie am nächsten Tag noch steht. Doch Tom lässt sich nicht belehren. Er ist eigen. Hier sei der Sand genau richtig, hat er mir gesagt. Schön feucht. Dass sein mit viel Liebe und Phantasie in stundenlanger Arbeit aufgebautes Werk ein Opfer der Wellen wird, scheint ihn dabei nicht zu stören. Er baut Tag für Tag wieder neu. Nur wenn große Jungs es ihm mutwillig zerstören oder unachtsame Spaziergänger darüber hinweg trampeln, dann weint er.

Wie gern würde ich es den Anderen gleich tun und mich in die sanft auflaufenden Wellen stürzen. Aber auf dem Sand habe ich wieder Quallen gesehen. Blaue und die durchsichtigen mit den roten gewellten Adern. Schon der Anblick ekelt mich. Bei der Vorstellung, von ihnen beim Schwimmen berührt zu werden, überläuft mich eine Gänsehaut. Dann lieber auf das Vergnügen verzichten, mich von dem wogenden Wasser tragen zu lassen. Vielleicht habe ich Glück, und es gibt tatsächlich einmal keines von diesen glibbrigen, glitschigen Tieren. Wir sind noch zehn Tage hier.

Während meine Hände am Abend im Bett ganz von allein ihren Weg zwischen meine Schenkel finden, verfluche ich

Markus. Er hat meinen Körper aufgeweckt. Hat ihm gezeigt, zu welchen Empfindungen er fähig ist. Glücklich der unwissende Träumer. Ich habe nun von der süßen Frucht gekostet. Süß und herb. Und ich weiß nicht, welches von beiden ich mehr schätze. Doch ist das ein Grund, mein Leben zu ändern?

Tom legt nach nur ihm bekannten Regeln Muscheln verschiedenster Farben, Formen und Größen in einem Muster um seine Burganlage. Er ist so vertieft in sein Spiel, dass er die Umwelt völlig ausgeblendet hat. Er ist sich selbst genug. Wie würde er reagieren, wenn in unsere jahrelang gepflegte Symbiose ein Dritter eindringt, der noch einen Vierten mitbringt? Sicher, sobald ein Mann in unser Blickfeld gerät, ob auf dem Spielplatz oder bei Kollegen, Handwerkern oder Nachbarn – Tom krallt sich ihn. Er vermisst die männliche Komponente. Identifikationsfigur. Oder wie immer es die Psychologen nennen. Doch wie sähe es bei einem Mann aus, mit dem er seine geliebte Mami teilen müsste? Und wenn es nicht gut ginge und Tom hätte sich an Markus gwöhnt? Darf ich seiner Kinderseele einen solchen Verlust zumuten? Oder heißt es dann für mich: Auf immer und ewig?

Wie liebevoll Markus mit seinem Sohn umgeht! Und doch – welch ein Unterschied ist da zu spüren zwischen den beiden ›Männern‹ im Vergleich zu Tom und mir. Dieser kumpelhafte, freundschaftliche Ton, wo bei uns alles überschwemmt ist von zähflüssig klebriger Mutterliebe. Vielleicht täte Tom ein männlicher Umgang wirklich ganz gut. Sonst wird er womöglich so ein verzärteltes Kind und hat später Probleme mit Frauen. Aber soll ich mir nur deshalb einen Mann ins Haus holen, damit mein Sohn nicht schwul wird?

Tom hat die Schönheit der Quallen entdeckt. Besonders die blauen haben es ihm angetan. Er nimmt meine Hand und zieht mich ins Wasser hinein. »Da Mama, schau, wie sie tanzen!« Und fasziniert beobachtet er die schwebenden filigranen Gebilde. Auch ich kann mich ihrem Zauber nicht gänzlich entziehen. Vielleicht sollte ich doch einen Versuch wagen? Das Meer ist gar so verführerisch!

Wir sehen zu, wie die Sonne immer tiefer in Richtung Horizont wandert. Der Dunststreifen über dem Wasser verbirgt die Sicht auf das Eintauchen der roten Scheibe ins Meer. Aber auch so sind die orangeroten Lichtspiele in den Prielstreifen beeindruckend.

Nicht zum ersten Mal in den letzten Tagen stelle ich mir vor, wie es wäre, wenn Markus neben mir stünde, seinen Arm um mich gelegt, sein Sohn mit meinem spielend. Warum wehre ich mich so sehr dagegen?

Vorsichtig schiebe ich meinen Fuß in das Wasser. Bleibe stehen. Spüre dem unter meinen Fußsohlen mit der Strömung ins Meer zurück rutschenden Sand nach, der mir das Gefühl gibt, einzusinken. Zuerst ist es etwas beängstigend. So, als würde ich das Gleichgewicht verlieren und jeden Moment stürzen. Doch bald schon lerne ich die kleinen Muskeln in meinen Fußsohlen kennen, von deren Existenz ich bis dahin nichts wusste. Sie gleichen die Veränderungen im Untergrund aus, tragen das sich verlagernde Gewicht sicher. Ich kann sogar die Augen schließen. Mich nur auf meine Fußsohlen konzentrieren, mich ganz dem ewigen Lied des kommenden und gehenden Wassers hingeben. Und ich bin erstaunt, dass ich dabei keinen Gedanken an die Quallen habe, die mich möglicherweise dabei berühren.

Am nächsten Tag wage ich mich endlich hinein. Tom schaut mir vom Ufer aus interessiert zu. Ich zwinge mich, nicht an die Existenz von irgendwelchen Tieren zu denken. Das Wasser ist kühl, doch für meinen erhitzten Körper eine lang ersehnte Erfrischung. Ich werfe mich in das nächste Wellental und schwimme mit kräftigen, entschlossenen Zügen gegen die momentane Atemlosigkeit an. Keine unangenehmen Begegnungen. Ich lege mich auf den Rücken und kraule ein Stück hinaus. Dann überlasse ich meinen Körper ganz dem sanften Schaukeln der Wellen. Während ich in die ziehenden Wolken über mir schaue, fühle ich mich eins mit der Natur um mich herum, gelöst und zufrieden wie lange nicht mehr.

Was finde ich eigentlich so schlimm daran, Markus eine Chance zu geben? Er verlangt ja nicht von mir, dass ich ihn und seinen Sohn bei mir aufnehme, für ihn die Putzfrau und für seinen Sohn die Ersatzmama spiele. Er will bloß nicht länger diese heimlichen, unseren Kindern gestohlenen Treffen – fast so, als dürfe unsere Beziehung nicht publik werden. Er möchte mit uns ins Kino und spazieren gehen, mit uns am Tisch sitzen und essen, mit uns zusammen Urlaub machen. Leben probieren. Garantien gibt es nicht, das weiß auch Markus.

Schon beim zweiten Klingeln nimmt er ab. »Schön, dass du dich meldest. Wie geht es dir?« Beim Klang seiner Stimme spaziert eine ganze Armee Ameisen von meinen Zehen zur Kopfhaut empor. Ich spare mir die Belanglosigkeiten. »Es würde euch hier oben sicher auch gefallen.« In die kurze Stille klopft mein Herz wie ein Presslufthammer. »Ich habe im Büro schon Bescheid gesagt, dass ich vielleicht noch ein paar Tage Urlaub nehmen werde. Ich habe nur auf deinen Anruf gewartet.«

Das Bild

Das Klingeln des Telefons machte meine Hoffnung auf ein paar Stunden Schlaf zunichte. Ich kannte die Straße, die die Anruferin schluchzend durchgab. Sie befand sich in dem Ort, in dem auch ich seit vier Jahren lebte. Weit genug entfernt von der Stadt und der Klinik und nah genug am Wald.

Ein Dorf mit zwei Neubaugebieten und einem deutlich zur Schau getragenen Abgrenzungsbedürfnis der Ureinwohner gegenüber den *Neigschmeckten*. Das wurde am augenfälligsten bei den zahlreichen, von der Kirche oder den Vereinen organisierten Festen im Dorf sowie beim alljährlich wieder mit unverminderter Wucht über alle hereinbrechenden Fasnetstrubel. Die Alteingesessenen hockten in einer, die Zugezogenen in einer anderen Ecke. Vermischung erfolgte nicht einmal beim Schunkeln oder in der Bar. Nun gut, damit konnte ich leben. Nach Verbrüderung war mir ohnehin selten.

Das Haus befand sich im alten Ortskern. Die Frau mit dem verkniffenen Gesicht, die uns in einem rosenübersäten Dederon-Morgenmantel entgegentrat, war mir als eifrige Kirchgängerin bekannt. Sie führte uns ins Untergeschoss, wo sich eine Einliegerwohnung befand. Den Geruch, der uns beim Öffnen der Tür entgegen schlug, kannte ich: Terpentin und Ölfarben. Es war derselbe Geruch, der mich empfing, wenn ich mein zum Atelier umfunktioniertes Schlafzimmer betrat.

Bevor ich meinen Augen gestattete sich umzusehen, beugte ich mich über den am Boden liegenden Körper. Nur zur Sicherheit überprüfte ich den Puls und horchte auf Herzgeräusche. Fehlanzeige, wie vermutet. An den Fingern seiner rechten Hand war die Ölfarbe noch feucht. Auf der Staffelei stand ein Bild, auf dem gerade eine Explosion aus Rot und Blau, Gelb und Schwarz stattfand. Der Pinsel lag unweit der Leiche.

Mein Kollege Steffen befragte inzwischen die Mutter des Toten nach den Umständen seines Ablebens. Jetzt kam der unangenehme Teil. Wie bei ungeklärter Todesursache üblich, musste die Kripo hinzugezogen werden. Während wir warteten, fragte ich danach, ob ihr Sohn irgendwelche Medikamente eingenommen habe, was sie durch Kopfschütteln verneinte.

Der Tote war mir schon oft bei meinen einsamen Spaziergängen begegnet. Er war das, was man in dem Ort, in dem ich aufgewachsen war, als Dorftrottel bezeichnet hätte. Noch gut erinnere ich mich an das wohlige Erschrecken, das uns durchrieselte, wenn wir in dem Wäldchen zwischen unserem und dem Nachbardorf spielten und einer rief: »Dort kommt Fettbrots Karl!« Ob dieser tatsächlich so hieß, wie die häufig auf unserem Abendbrottisch anzutreffende Arme-Leute-Speise, war für uns unwichtig. Er war der Trottel vom Nachbarort und um ihn rankten sich schaurige Legenden. Vor unserem eigenen Dorftrottel, dem harmlosen Resultat seit Generationen praktizierten inzüchtigen Verhaltens, fürchteten wir uns nicht.

Der hier vor mir liegende Mensch hatte nichts mit jenen Gestalten meiner Kindheit gemeinsam. Er war so klein wie ein achtjähriger Junge, hatte aber den gedrungenen Körperbau und das Gesicht eines Mannes. Man sah ihn nie, ohne dass er unverständliches Zeug vor sich hinbrabbelte, mit schlenkernden Gliedmaßen und kaum je ohne eine Blume oder einen Zweig in der Hand. Er war eindeutig nicht nur minderwüchsig, sondern auch geistig behindert. Was zu seinem Tod geführt hatte, eine Krankheit oder sein eigener Wille, würde die Gerichtsmedizin klären müssen. Schonend bereitete ich die Mutter auf die Wahrscheinlichkeit einer Obduktion vor.

Während sie sich entschuldigte, um sich etwas Anderes überzuziehen, hatte ich Muße, mich im Atelier umzusehen. Überall an den Wänden, auf Staffeleien und kleinen Tischen standen Bilder unterschiedlichster Größe. Bespannte Keilrahmen, wie auch ich sie benutzte. Doch das Faszinierende an den Bildern, die ich halb oder ganz sah, waren die Farben. So hatte ich schon immer malen wollen! Keineswegs dunkel und schwermütig, wie ich es vermutet hätte, sondern klare leuchtende Farben nebeneinander gestellt, so kraftvoll und lebensbejahend, dass es eine Lust war, sie anzuschauen. In manchen Bildern waren Landschaften zu erahnen, andere zogen den Blick magisch in die Tiefe wie in einen Tunnel.

Steffen musste mich am Arm fassen, um meinen Betrachtungen ein Ende zu machen. Draußen hielt soeben der Wagen der Kripo. Die Kollegen stellten die üblichen Fragen und machten einige Fotos. Dann trugen sie die Leiche zusammen mit Steffen auf einer Trage in den Leichenwagen, der soeben eingetroffen war.

Bevor wir fuhren, fragte ich die Frau, ob ich in ein paar Tagen noch einmal kommen und mir die Bilder anschauen könne. Sie sah mich an, als hätte ich ihr ein unsittliches Angebot gemacht. Ihre kaum verständliche Antwort nahm ich als Zustimmung.

Die Bilder ließen mich nicht los. Zwei Tage später klingelte ich wieder an der Tür. Die Frau schien mich nicht zu erkennen, was wohl am fehlenden weißen Kittel lag. Nachdem ich endlos lange erklärt hatte, wer ich bin und was ich will, ließ sie mich misstrauisch eintreten. Im Atelier war alles unverändert. Wachsam beobachtete die Mutter, in der Tür stehend, meine Bewegungen. Ich sah mir jedes Bild an, aus der Nähe und von fern. Auf meine Frage, was sie mit den Bildern vorhabe, schaute sie mich verständnislos an. »Was soll i mit dem G`schmier ofanga? Dr Bua hot hald ebbes do miassa, s´ war hald sei ei ond ells.« Ich dachte an meinen Galeristen, der für mich schon ein paar meiner ›Werke‹ verkauft hatte, dem meine Akte ebenso wie meine Landschaften jedoch zu gegenständlich waren. Doch wann immer ich wild entschlossen, endlich etwas ›Abstraktes‹ großzügig auf die Leinwand zu bringen, loslegte, endete dies mit einer grauenvollen Schmiererei.

Hier war mit einer solchen Unbekümmertheit und gleichzeitig traumwandlerischer Sicherheit zu Werke gegangen worden, wie es nur Kinder oder Genies können. War dies das Geheimnis des Kleinwüchsigen? Ganz hinten in einer Ecke stand ein Bild, das sich von allen anderen unterschied. Zwischen den beidseitig hochsteigenden, bewaldeten Hängen ging eine Gestalt. Besser gesagt: sie stemmte sich gegen einen scharfen Wind, der durch die drohend über allem hängenden dunkelgrauen Wolken für den Betrachter fühlbar wurde.

In dieser Gestalt erkannte ich mich. Der Weg, das Tal, der Mantel. Der Kleppermantel, mein Hort, meine Zuflucht. Als er noch bei meinen Großeltern am Garderobenhaken hing, wickelte ich mich oft hinein, wenn ich von den anderen nicht gesehen werden wollte. Er war so lang, dass er fast bis auf den Boden reichte und deshalb, wenn ich mich ganz an die Wand presste, nicht einmal meine Fußspitzen hervorlugten.

Dieser Mantel hatte einen ganz besonderen Duft. Ein wenig hing immer von den Zigarren darin, die mein Großvater nur im Freien schmauchen durfte, damit die Gardinen der gestrengen Großmutter nicht darunter litten. Und der derbe Geruch männlichen Schweißes nistete ebenfalls in den Falten des Futterstoffes. Hier fühlte ich mich sicher.

Wie oft hatte ich den Mantel probiert, um die Zeit nicht zu verpassen, wenn seine Ärmel nicht mehr hoffnungslos zu lang sein würden. Diesen Mantel musste ich um jeden Preis haben. Meinen Schutz vor der Welt.

Und nun sah ich auf dieses Bild, bei dessen Anblick mir nur Worte wie *Verlorenheit* und *Einsamkeit* einfielen und konnte nicht anders als mich abzuwenden. Bevor etwas zerbrach, tief in mir drin. Die immer noch im Türrahmen ausharrende Frau zuckte erschrocken zusammen und ich verließ mit einem gemurmelten Gruß den Keller.

Meine Wohnung empfing mich still wie immer. Doch zum ersten Mal empfand ich dabei keine Befriedigung. Ich ging durch die Räume wie eine Fremde und betrachtete mit der Distanz einer Fremden die geschmackvolle Einrichtung. Hier hatte ich nichts dem Zufall überlassen: Jede Lampe, jedes Bild hatte seine Funktion, nahm einen Farbton oder das matte Glänzen eines Metalls auf; alles war geschmackvoll und schön, funktionell und edel. Wieso nur war dann in mir so eine Leere, so ein Gefühl, als fehle etwas?

Wenn in den letzten Jahren einer meiner Lover bei mir übernachtet oder ein Wochenende mit mir zusammen verbracht hatte, litt ich unter den überflüssigen Spritzern auf den empfindlichen Feinsteinzeugfliesen im Bad. Und die Glasfront meiner Duschkabine vermochte trotz gründlicher Einweisung niemand so streifenfrei abzuziehen wie ich. Von all den anderen unangenehmen Dingen, wie herumliegenden Kleidungsstücken, verkrümelten Couchpolstern und bekleckstesten Designerstühlen ganz zu schweigen. Wenn einer der Männer im Überschwang seiner Gefühle angedroht hatte, für uns zu kochen, setzte ich all meine Überzeugungskunst daran, um ihn zu einem teuren Italiener zu bugsieren. Auf meine Kosten selbstverständlich. Das war mir die Sache wert. In meiner Zwanzigtausend-Euro-Küche sollten nur *meine* Fingerabdrücke an den Edelstahlflächen und den hochglanzlackierten weißen Fronten zu sehen sein. Die Summe all dieser Mann-im-Haus-Erfahrungen ließ es gar nicht zu, dass sich mir ernsthaft die Frage stellte, ob es wünschenswert sei, mit einem Partner zusammen zu leben. Und Kinder? Diese Frage beantwortete sich ebenfalls von selbst. Lieber jettete ich drei Mal jährlich zu den schönsten Plätzen der Welt, als dass ich Windeln wechselte und mir vorlaute Sprüche anhörte.

So jedenfalls waren meine Gedanken gewesen, bevor ich dieses Bild gesehen hatte. Zwei Tage später fand ich mich wieder vor jenem Haus, um zu fragen, was die Mutter denn nun mit den Bildern zu tun gedenke. »Was moine se denn, wo ma die no due ko?« Ich schlug vor, einem Altersheim oder einer anderen sozialen Einrichtung einige zu schenken, erklärte mich auch bereit, meinen Galeristen zu fragen, ob er Interessenten kenne. Auch im Krankenhaus wollte ich mich erkundigen, ob in einem der vielen Flure noch Platz für moderne Kunst sei. Dann hörte ich mich ganz erstaunt um jenes Bild bitten, das mir nicht mehr aus dem Kopf ging. Sie lief in die Ecke, zog das Bild heraus und drückte es mir in die Hand. »Do, nehms, Freullein, i frei mi, dass ebber sei Sach mag.« Als ich wegen der Bezahlung fragte, war sie fast beleidigt.

Zu Hause angekommen, überlegte ich, wo das Bild einen Platz finden könnte. Meine Wände waren mit eigenen Bildern dekoriert, das Treppenhaus ebenso; in meinem Atelier stapelten sich die großformatigen Leinwände, die ich nirgends mehr hatte unterbringen können.

Doch viel entscheidender schien die Frage zu sein, ob ich diese Manifestierung meiner Niederlage, die Infragestellung meines Lebensentwurfes, überhaupt würde um mich ertragen können. Jeden Tag den Zweifel an mir nagen fühlen, ob der eingeschlagene und mit Vehemenz vor mir und allen anderen verteidigte Weg, der richtige war? Ob eine durchgestylte Wohnung, berufliche Karriere und finanzielle Sorglosigkeit die Leerräume auszufüllen vermochten, die sich vielleicht mit zunehmendem Alter noch in mir auftun würden?

Was wäre, fragte ich mich, wenn an der linken Seite der Frau, da, wo der Weg noch genug Platz ließ, eine kleine, ebenfalls vermummte Gestalt, sich anschmiegen würde an den großen kräftigen, den Wetterunbilden trotzenden Körper? Oder ein noch größerer Umriss, einen Arm schützend um die verloren wirkende Einsame gelegt? Oder aber ein Paar, zwischen sich an den Händen haltend den kleinen Knirps?

Bevor es mir richtig bewusst wurde, hatte ich schon den Pinsel in der Hand und brachte mit kräftigen Strichen die dunklen Umrisse des Waldes, den drohenden Himmel und das nach hinten immer schmaler werdende Band des Weges auf eine neue Leinwand. Erstaunt betrachtete ich das Bild und wunderte mich über die mutigen Spuren, die mein Pinsel hinterlassen hatte. So losgelöst von meinem Verstand hatte ich noch nie gemalt. Jetzt mussten die Farben noch trocknen. Bis dahin hatte ich Zeit, mir zu überlegen, wie viele Personen ich auf den Weg gegen den Sturm schicken wollte.

Die Handtasche

Sie fiel mir sofort auf: Klein, die Schultern nach vorn gekrümmt, das Gesicht auf den Boden gerichtet, als suche sie etwas. Die grauen, dünnen Haare wirr um den Kopf abstehend. »Frau Kornblum«, stellte sie sich vor, als ich von der Oberpflegerin durch die Räume des dreistöckigen Altenpflegeheimes geführt wurde. Eine schwarze Kunstledertasche war ihre ständige Begleiterin. Den kurzen Henkel über ihrer linken Hand tragend, während sie sich mit dem rechten Arm auf einen Gehstock stützte. Manchmal drückte sie die Tasche aber auch fest an ihren dürren Körper, als hätte sie Angst, jemand wolle ihr dieses Relikt entreißen.

Wenn sie in Filzpantoffeln durch die Gänge schlurfte, murmelte sie unaufhörlich vor sich hin. Dialoge mit verstellter Stimme, als spräche sie mit einer anderen Person. Frau Kornblum, so warnte mich die Oberpflegerin gleich am ersten Tag, mache sich gern aus dem Staub. Man habe sie schon in Hausschlappen orientierungslos auf der Straße aufgegriffen. Gottlob wüssten die Leute meist, wo sie hingehöre und brächten sie immer wieder zurück. Das hieß: Eingangstür verschlossen und Augen offen halten!

Wenige Tage später kam die Zimmermitbewohnerin von Frau Kornblum aufgeregt in die Küche gewackelt: »Schnell, schnell, sie ist wieder unterwegs!« Sofort lief ich die Stufen hinunter und erwischte die Ausreißerin noch rechtzeitig. Diesmal hatte sie Halbschuhe angezogen. Ihre Hauslatschen schauten oben aus der Handtasche heraus. »Wo wollen Sie denn hin?«, versuchte ich, ein Gespräch zu beginnen. Dabei stellte ich mich zwei Stufen unter ihr auf, um sie gleichzeitig am Weglaufen zu hindern. Ihr erstaunter Blick aus hellen, wässrigen Augen war nicht von dieser Welt. Unwillig fuchtelte sie mit ihrem Stock herum. »Aus dem Weg! Ich muss zu meinem Vater! Der macht sich sonst Sorgen um mich!« Mein Arm um ihre Schulter schien sie eher zu verschrecken. Das Handgelenk, um das ich meine Finger legte, war so dünn wie das eines Kleinkindes. Die durchscheinende Pergamenthaut, die sich wie Seide anfühlte, warf Falten um den Knochen. Blaue Verfärbungen zeugten von verhinderten Ausbruchsversuchen.

Welch Kräfte konnte die federleichte Frau entwickeln, um sich ihrem Abtransport zu widersetzen! Woher nahm dieses Persönchen die Energie? Sie hielt sich mit beiden Händen am Treppengeländer fest, als stünde sie auf einem schwankenden Schiff. Beim Versuch, die Handgelenke zu lösen, befürchtete ich, sie könnten unter dem Druck brechen wie Bleistifte. »Mein Vater, mein Vater«, jammerte sie immer wieder angstvoll. »Sie kennen ihn nicht!« Welch Tyrann verfolgte die in ihre Kindheit zurückgekehrte Frau noch aus seinem Grab heraus!

Ein Anruf, kam mir in den Sinn, vielleicht lässt sie sich von anderen ebenso täuschen, wie sie sich selbst täuschte. Nach anfänglichem Misstrauen folgte sie mir in die Küche, wo das Telefon stand. Während ich dem stummen Telefonhörer Erklärungen anvertraute, stand Frau Kornblum lauschend daneben. »Es ist alles in Ordnung. Ihr Vater weiß Bescheid, dass Sie erst Morgen kommen«, beruhigte ich sie. Gestrafft und mit einem unsichtbaren Gesprächspartner redend entfernte sie sich in Richtung ihres Zimmers.

Der Ekel. Vor dem Gestank der Eimer, die nach der Nacht geleert werden mussten. Vor meinen eigenen Händen, die mit all dem in Berührung kamen. Handschuhe gab es nicht. Das Entfernen und Säubern der Gebisse. Seit einiger Zeit verschwanden täglich aus irgendwelchen Wassergläsern die Prothesen. Wir waren ratlos.

Eines Tages öffnete ich die Tür zu Frau Kornblums Zimmer und sah, wie sie vergeblich versuchte, sich eine Prothese in ihren Mund zu schieben. Ich blieb auf der Schwelle stehen und sah ihr zu. Nachdem sie erkannt hatte, dass der Zahnersatz viel zu groß für ihren Mund war, öffnete sie den Schnappverschluss ihrer Handtasche und legte die künstlichen Zähne hinein. Und – welch Wunder – heraus zog sie abermals ein Gebiss, das sie nun probierte – diesmal mit größerem Erfolg. Mit ein paar Schritten war ich bei ihr und warf einen Blick in die Tasche. Es erstaunte mich nun nicht mehr, darin ein Sammelsurium verschiedenster Prothesen zu finden. Ein ziemlich makabrer Anblick! Nachdem ich sie mit einiger Mühe davon überzeugt hatte, dass die anderen Frauen verhungern müssten, wenn sie ihre Zähne nicht wieder bekämen, überließ sie mir schmollend den Inhalt ihrer Handtasche. Es war gar nicht so einfach, die Gebisse ihren Trägerinnen wieder zuzuordnen.

Ihr entrückter Blick, wenn ich die Lieder sang, die mich meine Mutter gelehrt hatte. Während ich die Laken wechselte und die anderen Frauen in ihrem Zimmer von den schmutzigen Windeln befreite. »Sing mir das Lied vom Edelweiß«, bat sie. Und dabei lag sie zusammengekrümmt wie ein Embryo auf ihrem Bett und starrte die Wand an, ohne etwas zu sehen. Auch der müde Wandersmann, der seine Liebste nach vielen Jahren wieder sieht und von ihr einen Veilchenstrauß kauft, ohne sich zu erkennen zu geben und auch das zersprungene Ringlein kamen oft zum Einsatz.

Nach einigen Monaten im Heim, als ich wieder ohne Ekel vor meinen Händen den eigenen Körper berühren konnte, und mich die Vorstellung, wie ich als alte Frau aussehen würde, nicht mehr zu erschrecken vermochte, legte sich Frau Kornblum hin und wollte sterben. Der Tod war mir in diesen Wochen schon mehrmals begegnet. Nicht immer hatte sich meine Hoffnung erfüllt, in den einsamen Stunden der Nachtwachen davon verschont zu bleiben: In blicklose Augen sehen und geöffnete Kiefer hochbinden, vor der letzten, mit lautem Seufzen entweichenden Luft erschrecken. Die Lider beschweren. Der Tod war in diesem alten Gemäuer stets gegenwärtig. Von den meisten Insassen ersehnt als das Ende ihrer Schmerzen und Erinnerungen. Das Ende auch der Enttäuschungen über die Gleichgültigkeit ihrer Angehörigen, für die das Altenpflegeheim ein Abstellgleis war.

Frau Kornblum hatte keine Angehörigen mehr. Nur ihren gestrengen Vater, mit dem sie einen Großteil ihrer Tage verbrachte. Nun lag sie da und hatte beschlossen, dass siebenundachtzig Jahre genug seien für ein Leben.

Es war Herbst. Wenn sie den Kopf etwas zur Seite drehte, konnte sie die bunten Blätter der Bäume des benachbarten Waldes sehen. Diesen Blick empfahl ich ihr auf ihre Frage nach dem Sinn des Weiterlebens. Und krampfhaft versuchte ich, noch viele andere Gründe zu finden: Das gute Essen, die erbaulichen Morgenandachten und Gottesdienste in der Hauskapelle, die schönen Bastelstunden...

Ihre Antwort auf meine Gründe sah ich in ihrem nachsichtigen Lächeln.

Sie winkte mich mit ihrem knorrigen Finger zu sich heran und flüsterte in mein Ohr: »Der Nachtvogel hat geschrien: Komm mit, komm mit!«

Mir lief ein Schauer über den Rücken, aber ich sagte nichts.

Nach dem Dienst ging ich in den Wald. Und während ich hier einen Zweig mit gelben Ahornblättern, dort eine Ranke mit Hagebutten und da einen Schlehenzweig abbrach, schien es mir, als hätte ich den Herbst noch nie zuvor mit all meinen Sinnen so sehr wahrgenommen. Selbst der pilzige Geruch am Fuße der Eichen verwandelte sich in ein Aroma, das ich unter meiner Zunge schmecken konnte. Und während ich durch raschelndes Laub ging und tief den aufsteigenden nussigen Duft einsog, waren meine Gedanken bei dieser kleinen, knorrigen Frau, von deren Leben ich nichts wusste. Nicht, weil es mich nicht interessierte. Die Leben all der verschiedenen Frauen, die in den hohen Zimmern ohne jede Privatsphäre ihre letzten Jahre verwarteten, waren ganz sicher jedes für sich lehrreich und erzählenswert. Schließlich war das die Generation, die Krieg und Vertreibung miterlebt hatte. Wie viele Söhne und Männer hatten diese Frauen zu beklagen? Wie groß war ihre Leistung beim Kampf ums Überleben gewesen?

Doch die Erzählungen blieben unerzählt und ich hetzte wie die anderen von Bett zu Bett, um die nötigsten Versorgungsleistungen zu erbringen: Betten, Füttern, Waschen, Dekubitusprophylaxe.

Als ich am nächsten Tag die schwere Tür zum Heim aufdrückte, spürte ich es. Noch im Mantel lief ich in ihr Zimmer und war nicht erstaunt, als ich das frisch bezogene Bett sah. Die Oberpflegerin informierte mich, dass Frau Kornblum in der Nacht *eingeschlafen* war. Und sie reichte mir die schwarze Kunstledertasche mit den Worten: »Das soll ich Ihnen geben, das mussten wir ihr versprechen!«

Unfähig zu einer Regung stand ich im Flur und betrachtete die Handtasche. Der Henkel war abgeschabt, die braune Pappe schimmerte durch. Die Ecken abgestoßen, der silberfarbene Verschluss matt. Ärmlich und alt. Wie alles, was die meisten Bewohner besaßen. Ich öffnete die Tasche. Obwohl ich nicht damit gerechnet hatte, etwas darin vorzufinden, hielt ich ein Foto in der Hand. Es zeigte eine wunderschöne Frau in dunklem Kostüm mit weißer Bluse. Etwa so alt wie ich. Ihr linker Arm war in den ihres stattlichen Begleiters eingehängt, über dem rechten baumelte locker eben jene Handtasche, die mir gerade vererbt worden war. Der Blick der jungen Schönheit war sehnsüchtig und liebevoll auf das Gesicht ihres Mannes gerichtet, der sie ebenso ansah.

Ich ging in die Kammer, in der die Leichen aufbewahrt wurden, bis der Wagen sie abholte. Da lag sie. Wie ein eingetrocknetes Vögelchen, so leicht, fast körperlos. In ihren Zügen suchte ich die des jungen Mädchens vergebens. Was mich am meisten schmerzte, war die Erkenntnis, dass sie ihre Geschichte mit ins Grab nehmen würde. Und dass es nur einer Frage bedurft hätte, um das Foto in meiner Hand mit dieser Geschichte verbinden zu können.